Narratori Feltrinelli

Golnaz Hashemzadeh Bonde

Un popolo di roccia e vento

Traduzione di Anna Grazia Calabrese

Titolo dell'opera originale
DET VAR VI

Traduzione dallo svedese di
ANNA GRAZIA CALABRESE

Prima edizione ne "I Narratori" settembre 2018

Stampa Grafica Veneta S.p.A. di Trebaseleghe - PD

ISBN 978-88-07-03309-4

FSC
www.fsc.org
MISTO
Carta
da fonti gestite in
maniera responsabile
FSC® C021883

A Korrie

Mia madre disse: se tu potessi considerare
le circostanze come estenuanti,
mi lasceresti andar via più a cuor leggero.

Athena Farrokhzad

Credo che la morte abbia sempre fatto parte di me. Forse è una banalità, una cosa che dicono tutti quelli che stanno per morire. Ma io non sono come tutti gli altri, o così mi piace credere. L'ho detto quando è morto Masood: il nostro tempo era solo in prestito. Non avremmo dovuto vivere così a lungo. Avremmo dovuto morire durante la rivoluzione. O sotto le sue macerie. O in guerra. Invece ho avuto altri trent'anni. Più di metà della mia vita. Non è poco. C'è di che essere grati. Tanti anni quanti ne ha mia figlia, la si può vedere anche così. Ma lei non aveva bisogno di avermi intorno così a lungo. Nessuno ne aveva bisogno.

Si tende a pensare che, siccome siamo genitori, siamo necessari. Non è vero. Gli esseri umani imparano a cavarsela comunque. Chi lo dice che nella mia vita sono stata più di aiuto che di intralcio? Io no di certo. Non sono il genere di persona che dà più di quanto prenda. Dovrei esserlo. Sono una madre, in fin dei conti. Il mio compito è quello di spianare la strada agli altri. Ma non l'ho mai fatto, per nessuno.

“Le restano solo sei mesi di vita,” sentenzia la strega maledetta.

Pronuncia quelle parole come fossero una seccatura. Come quando le maestre dell’asilo mi dicevano che qualcuno aveva picchiato Aram. Una seccatura, appunto. Appena velata da un vago senso di colpa. Non mi guarda mentre mi dà la notizia. Tiene gli occhi puntati sul computer, come se fosse lo schermo ad avere qualcosa che non va, a dover affrontare la verità. Poi, delle lacrime cominciano a rigarle il viso e abbassa lo sguardo sul grembo. Come se fosse lei, ora, la vittima. Lei, ad aver bisogno di essere consolata.

“Chiudi quella bocca!” vorrei urlarle. “Chi sei per dirmi che sto per morire? Chi sei per piangere, come se la mia vita avesse in qualche modo a che fare con te?” Ma non urlo. Non ora. Mi meraviglio di me.

“Voglio parlare con il suo superiore,” dico invece.

È stupita. Probabilmente pensa che non sto reagendo nel modo giusto. Che dovrei piangere anch’io.

“Mi rendo conto di quanto sia difficile... ricevere una notizia del genere. Ma mi creda, parlare con qualcun altro non le servirà a nulla,” dice. “La Tac, le analisi... è tutto chiaro. Lei ha un cancro. Ed è... è a uno stadio molto avanzato.”

Smette di parlare e mi guarda. In attesa di una mia espressione o di un segno che le confermi che ho capito. Ma quel segno non arriva, perciò continua.

"È al quarto stadio. Il cancro, intendo. Il che significa che non le resta molto da vivere."

"Chiuda quella maledetta bocca!" urlo senza più trattenermi. "Sono un'infermiera, lavoro in ospedale da venticinque anni e so bene che non le è permesso dirmi una cosa del genere. Lei non ha idea di quanto tempo mi resti da vivere. Lei non è Dio!"

La vedo sobbalzare sulla sedia, spaventata. Deve avere una trentina d'anni. Porta i capelli raccolti in due codini infantili e tiene la foto di un bimbo sulla scrivania. Scuoto la testa. No, questa donna non ha idea di cosa sa o non sa.

Restiamo sedute in silenzio, finché lei non si asciuga le lacrime sulla manica del maglione e se ne va. Io rimango seduta ancora un momento, come congelata, poi afferro la borsa e prendo il cellulare. Dovrei chiamare qualcuno. Dovrei chiamare mia figlia e dirle: "Ciao, sciagurata bambina mia. Ora anche la tua mamma sta per morire".

Al diavolo. Comincio a scrivere un sms a Zahra. Poi lo cancello. Cosa si dice in questi casi? "Ciao amica mia, tutto questo lottare senza tregua, e ora è finita." Non ce la faccio.

Sento due voci avvicinarsi, la dottoressa e il suo superiore, una dottoressa più anziana. Si bloccano fuori dalla porta. Sussurrano. Mi rendo conto che probabilmente non hanno a che fare spesso con la morte, qui al poliambulatorio. Le due discutono per stabilire chi debba entrare e andare avanti a parlare con me. Le capisco. Vogliono che la giornata continui a scorrere fluida. Vogliono poter visitare il prossimo paziente senza intoppi. L'ultima cosa che desiderano è stare in compagnia di una moribonda e raccoglierne la merda. Ci penso su un attimo. Forse è meglio se prendo le mie cose e me ne vado. Così le salvo. E salvo me stessa. Prendo il cappotto. Rosso. Poi afferro la borsa. Rossa. Abbasso lo sguardo sui miei stivali. Rossi. Cose banali, le cose che mi piacciono. Che mi piacevano. Cominciano a tremarmi le mani e subito dopo le spalle. La borsa cade per terra. Provo ad arginare l'ondata di singhiozzi che sta montando. Ed è proprio in quell'istante che le due dottoresse si affacciano alla porta. Mi guardano. Capisco al volo che vorrebbero girare sui tacchi e filarsela. Non voglio allarmarle. Cerco di sorridere. Ma mi crolla tutto addosso. Tutto ciò che loro non riescono neppure a immaginare. Tutto ciò che nessuno, in questo maledetto paese sa, nonostante la gente sia così istruita. Tutto ciò che ha a che fare con il dolore, la perdita, la lotta. Piango. Piango, piango e ancora piango. Piange anche lei, la prima dottoressa. Poverina. Crede di avere motivo di piangere, lei.

Se non altro chiede scusa. La dottoressa più anziana. Dice che non hanno idea di quanto tempo mi resti da vivere. Potrebbero essere alcune settimane o alcuni anni.

"Quel che è certo, però, è che lei morirà di cancro," ribadisce. "Credo che le convenga farsene una ragione e cominciare a parlarne con le persone a lei vicine. Soprattutto con i suoi figli..."

Diglielo tu a mia figlia, penso. Ma la frase resta dentro la mia testa perché la dottoressa prosegue.

"Vede, a volte è difficile essere sinceri con i propri figli. Davvero difficile. Ma è giusto che sappiano come stanno le cose, in modo che si preparino ad affrontarle."

Le rivolgo un'occhiata interrogativa. La dottoressa non capisce perché, ma credo si renda conto che riesco a guardarla solo in quel modo.

"Masood è morto di... Suo padre. Il padre di mia figlia. È morto di recente," le dico.

Lei annuisce.

"È morto all'improvviso. Molto meglio così, non crede? Per Aram, mia figlia. Meglio così che vivere a braccetto con la morte. In attesa che arrivi. Non è un vantaggio se un bel giorno muori e tanti saluti?"

"Non lo so," replica la dottoressa, come se stessi davvero

aspettando una sua risposta. "Ma è certo che avrà bisogno di sua figlia. Non sarà facile."

Mi porge un opuscolo su come prepararsi alla morte, o argomenti del genere. Faccio segno di no con la testa.

"Io non voglio morire, ce la metterò tutta per non morire! Devo lottare. Voglio iniziare immediatamente la terapia!"

La dottoressa esita.

"Guardi, le faccio subito l'impegnativa per un'altra visita, solo che con Pasqua alle porte e tutto il resto, può volerci del tempo prima che lei inizi, Nahid."

Mi sporgo in avanti sulla sedia.

"Ma se mi ha appena detto che ho i giorni contati! Certo che morirò se non facciamo subito qualcosa. Non c'è tempo da perdere! È un cancro aggressivo!"

Lei scuote la testa.

"Non così tanto, Nahid, qualche settimana in più o in meno non fa molta differenza, mi creda."

"Che vuol dire 'non così tanto'?"

"Mettiamola così: il suo cancro va considerato più che altro come una malattia cronica."

La guardo inarcando le sopracciglia.

"Una malattia cronica? Com'è possibile, se mi resta poco da vivere?"

"Mi dispiace."

Si appoggia allo stipite della porta. Non ha neppure varcato la soglia. È rimasta lì, distante da me. Come se fossero contagiosi. Il cancro. La morte.

"Mi dispiace."

Mi alzo.

"Non deve dispiacersi. Non sono ancora morta."

Prendo il rossetto e me lo passo sulle labbra. Giusto per dimostrare che sono una tosta. Mi avvio verso l'uscita. Passo davanti alla dottoressa. Lei e la sua superiore mi chiamano, ma io tiro dritto. Veloce. Sempre più veloce, per non cedere alla tentazione di voltarmi e gettarmi nelle loro braccia, in cerca di conforto. Di conforto e di rassicuranti promesse.

È solo quando arrivo a casa che mi accorgo di avere il viso rigato dal mascara. Di avere il rossetto fuori dai contorni delle labbra. Di avere un aspetto raccapricciante. Come quello di una strega. Di uno spaventapasseri. Di una mummia. Morta. Una persona che non sa cosa significhi essere viva.

Mi restano ancora sei mesi di vita. Qualche settimana. Qualche anno. Mi siedo sul divano senza neppure lavarmi la faccia. Resto così, con le mani in grembo, a chiedermi cosa posso fare. Cosa fa uno che ha saputo di essere a un passo dalla morte?

Quei cesti pieni di carte sul tappeto. Ecco, stanno lì da mesi, forse anni. Ho sempre pensato che, a forza di trovarmeli tra i piedi, prima o poi mi sarei decisa a metterci mano. A svuotarli. Forse è proprio quel che mi ci vuole in questo momento. Passare in rassegna le mie carte. Rimetterle in ordine. Vecchie bollette del telefono. Estratti conto. Dichiarazioni dei redditi. A pensarci bene, però, non c'è mai stata una sola ragione al mondo che giustificasse l'esistenza stessa di quei cesti. È tutto da buttare. Solo da buttare. Tutto.

Lo farà Aram. Più tardi. Dopo.

Prendo il quaderno e la penna che stanno sul tavolo. Comincio a scarabocchiare qualche appunto. Ora che ci penso, in quei cesti ci sono anche tutti i miei pensieri. Devo gettarli via. Che cosa penserebbe Aram se dovesse leggerli? Magari capirà quanto mi sia sentita sola. E arrabbiata. Dovrei aver voglia di proteggerla, ma non è così. Che venga pure a saperlo! Che venga pure a sapere del mio dolore. So che è sbagliato, e che il mio istinto materno dovrebbe suggerirmi un altro comportamento. Ma non lo fa, perciò che succeda quel che deve succedere.

La penna scivola sulla carta. Voglio sapere che cosa lascio dopo di me. Quando ho divorziato da Masood, lui si è preso tutto. A me non è rimasto nulla. È da allora che ho iniziato a raccogliere i pezzi della mia vita. A costruire. A costruire sicurezza. Un futuro. Che ora non ho. Scoppio a ridere. Non c'è alcun futuro. Se la gente sapesse! Si spreca un mucchio di tempo a pianificare il futuro che poi neppure esiste. Chi l'avrebbe mai creduto.

Avrei vissuto diversamente, se l'avessi saputo? Avrei evitato di ammazzarmi di lavoro, un turno dopo l'altro? Avrei fatto la bella vita con la carta di credito lasciando i conti da pagare? Non ne sono sicura. Forse. Probabilmente. Insomma, perché no? Che cosa avrebbe dovuto trattenermi, in fondo?

Prendo nota di tutto. L'appartamento in cui vivo. I gioielli nella cassetta di sicurezza della banca. Le maledette azioni della Telia, la più grande compagnia telefonica svedese, che ci hanno convinti ad acquistare con l'inganno. I soldi sul conto corrente. I soldi di riserva nell'armadio. Scrivo, scrivo e faccio i conti. Sono tanti, tanti soldi!

Per un attimo penso che siano fin troppi, per una come me. Invece no, è sbagliato. Ci sono un sacco di persone nate e cresciute in questo paese che non hanno niente, non sanno fare niente, non sono riuscite in niente. Se la sono presa comoda, sono state pigre, troppo. Persone che non hanno quel che ho io. Che non lasceranno niente dopo di sé.

Non sono troppi soldi per una come me. Sono troppi per Aram. Se non lo capisce, peggio per lei! Una figlia della guerra. Dovrà esserne grata. E lo sarà, ne sono certa. Alla fin fine questi soldi tornano molto più utili a lei che a me. Lei ha una maggiore probabilità di godersi la vita, rispetto a me. Non solo perché io sto per morire, ma perché non l'ho mai avuta, la possibilità di godermi la vita. Nelle condizioni in cui sono nata e cresciuta, ciò che contava era la capacità di sopravvivere. Sono stata addestrata a sopravvivere. Tutt'altra cosa rispetto alla vita qui. Non so se mia figlia ce l'abbia, la capacità di sopravvivere. Forse. D'altra parte è nata in quello che si può definire un rifugio. Non come le sue amiche o i bambini nati in Svezia.

Ripenso alla dottoressa del poliambulatorio. Alle sue lacrime. Che cosa aveva da piangere, lei?

Mia madre è stata data in sposa all'età di nove anni. Faccio fatica perfino a dirlo. Me ne vergogno. È come se, pronunciando queste parole, ne approvassi la sostanza. Perciò le evito. Aveva nove anni e mio padre ventisette. Niente di inconsueto, a quei tempi. Ma non credo che il fatto che fosse normale sia stato di alcun conforto per mia madre. Che abbia avuto una qualche attenuante su come dev'essersi sentita nel lasciare, contro la sua volontà, la casa dei genitori per iniziare una relazione sessuale con un perfetto sconosciuto, e così più vecchio di lei.

Non riesco a essere arrabbiata con mio padre, in fondo ha fatto quello che doveva. Ma non posso non pensare a quella bambina, perché questo era mia madre, e al solo pensiero si risveglia in me un istinto materno di gran lunga più intenso di quello che ho mai provato perfino per mia figlia. Penso a quella bambina e mi convinco che se avessi potuto salvarla, avrei salvato anche me. Se fossi riuscita a salvarla, salverei anche mia figlia.

Mamma aveva dodici anni quando partorì Maryam. Il mio cuore sanguina per tutt'e due. Per la piccola dodicenne con in braccio un neonato. E per la piccola neonata con una dodicenne come unico porto sicuro. Non so cosa sia successo dentro di lei. Credo che abbia in qualche modo spento il cervello.

Probabilmente era l'unica soluzione. Una dodicenne con in braccio un neonato. Cosa avremmo potuto fare per lei?

Rimase sola molto presto. Alla morte di papà aveva trentasette anni ed era madre di sette figli. Sul piano pratico, la scomparsa del marito non fece alcuna differenza per lei. Era stato malato a lungo. Forse, per lei, mio padre non era altro che l'ottavo figlio. Non lo so. Non parlava di lui. Non parlava di uomini. In tutte le fotografie scattate ai nostri matrimoni, lei è dritta come un fuso, madre orgogliosa della sposa, ma non sorride mai. Uomini e matrimoni erano, ai suoi occhi, una male necessario. O forse neppure quello: forse erano, semplicemente, un'inevitabile porcheria.

Mia madre. Quanto ha sofferto durante la rivoluzione. In teoria, una donna che ha partorito sette figlie dovrebbe sentirsi al sicuro. Nessun maschio da mandare in guerra. Di cui piangere la morte. Ma era il decennio sbagliato, o forse noi eravamo un tipo di donna sbagliato. Lottavamo per le strade, e lei ci aspettava sveglia di notte. Aspettava, vagava per la casa e piangeva.

Qualche settimana. Sei mesi. Qualche anno. Cambia qualcosa, forse? Non ne sono sicura. Sono intervalli di tempo molto diversi, lo so. Ma a questo punto, che differenza fa? Cosa me ne faccio? Di un tempo malato. Solitario. Di attesa della morte. Cosa ce ne facciamo del tempo se non possiamo costruirci un futuro? Non lo so. E penso che, forse, è per questo che il cancro ha scelto proprio me. Perché non so cosa farmene del tempo. Non so cosa farmene della vita.

No, non sopporto questo pensiero.

Mi alzo e prendo il telefono. Digito un numero. L'unico che posso chiamare.

"Sì, pronto?"

La vedo davanti a me. Seduta sullo sgabello accanto al telefono, mentre con un profondo sospiro solleva il ricevitore. Si aspetta brutte notizie. Si prepara in anticipo, in una sorta di autodifesa.

"*Salam, maman*. Ciao, mamma." Deglutisco con forza per respingere ciò che mi sta montando dentro.

"Nahid? Nahid, sei tu? È successo qualcosa, va tutto bene?"

"Tutto bene, mamma. Benissimo. È solo che... mi mancate."

"È la vita, Nahid. È la vita."

Restiamo per un attimo in silenzio, poi lei comincia a parlare delle solite cose. Dei vicini, del prezzo dei pomodori, dei suoi reumatismi. Io ascolto. È una conversazione identica a quella della settimana scorsa. Identica a tutte le altre conversazioni. Una conversazione che non ha la minima influenza su questa giornata se non fosse che, a un certo punto, mi premo un cuscino sulla bocca per soffocare i singhiozzi.

"Nahid, ci sei ancora?"

Mi accorgo che la mia voce è sul punto di spezzarsi, perciò chiudo la comunicazione. Mia madre penserà che siamo state interrotte, come tante altre volte nel corso degli anni. Alla prossima telefonata, se ne sarà già dimenticata.

Sta iniziando a imbrunire quando decido di alzare di nuovo la cornetta. Non so come scelgo chi chiamare, perché telefono proprio a Zahra. Comunque lo faccio, ed è un sollievo. È bello potersi sfogare e sentire il pianto di un'altra persona. Sentirle dire che le dispiace tanto. Che le mancherò. Che devo reagire. Che è giusto il modo in cui sto reagendo. Per un po' ascolto, poi comincio a consolarla.

"Non piangere, va bene così," le dico. "In fondo, la mia vita non è stata così male."

Non so se sia vero, ma non ne discutiamo. Restiamo solo in ascolto l'una del silenzio dell'altra, e tanto basta.

"L'hai detto ad Aram?" mi domanda lei.

Scuoto la testa.

"Ehi, ci sei?"

"Scusami," le dico, "no, non gliel'ho detto. Né a lei né a nessun altro."

Lei annuisce. Lo sento.

"Vuoi che lo faccia io?"

Sospiro di sollievo.

"Oh sì. Sì. Grazie. Pensi di farcela?"

"Non lo so," risponde.

In fondo, cosa si può chiedere agli altri? Tutto, secondo

me. Ora come ora posso ottenere qualsiasi favore. Nessuno escluso.

"Comunque, se lo farai, te ne sarò grata."

Ricomincia a piangere. Ma poi in qualche modo si riprende.

"Vengo da te," mi dice, e riattacchiamo.

Mi metto sdraiata. Chiudo gli occhi. Qualche settimana, sei mesi, qualche anno. Ora voglio solo tenere gli occhi chiusi.

Alla fine arrivano. Le mie amiche, vengono tutte. Io sono ancora sdraiata sul divano e le guardo con le palpebre semiabbassate. Me lo concedono. Non dicono granché. Se ne stanno sedute col mento appoggiato sulla mano. Di tanto in tanto si lanciano un'occhiata e scuotono la testa. Con lentezza, come stralunate. Come quando un dolore è più grande di quello che si può sopportare. Come quando un dolore riassume tutti i dolori del mondo. So quello che pensano. Abbiamo perso tanto. Abbiamo già perso tanto. Perché dobbiamo perdere altro? Come è possibile? Sono d'accordo con loro. Non se ne accorgono perché non osano guardarmi, ma dalla mia posizione sdraiata, con gli occhi semichiusi, anch'io scuoto la testa come loro. Come stralunata. Come quando un dolore riassume tutti i dolori del mondo.

Ci sono Zahra e Leila e Anne, e Firozeh. Sono tutte qui. Sono arrivate subito, sono rimaste per un'ora. Non ho la forza di aprire gli occhi finché ci sono loro. Penso ai miei appunti, quelli nei cesti. Quelli sulla mia solitudine. Vorrei mostrarglieli e chiedere "Perché siete venute solo adesso? Perché non vi siete presentate prima, quand'ero sola?". Allo stesso tempo, però, penso che dovrei ridurre tutte quelle pagine a brandelli. Perché non sono mai stata sola. Oppure sì? Non lo so. Cos'è la solitudine? Starsene soli desiderando la compagnia degli altri, o starsene soli mentre aspettiamo di morire?

Le sento bisbigliare. All'inizio le parole mi arrivano indistinte, ma non mi ci vuole molto a capire. Non hanno detto niente ad Aram. Provo l'impulso di alzarmi e fare una scenata. "Vi avevo chiesto una cosa, una cosa soltanto!" Ma mi trattengo. So bene di aver chiesto loro tutt'altro che "una cosa soltanto". Ho chiesto troppo, in realtà.

Zahra si alza per fare una telefonata. Parla sussurrando. Mi accorgo che non sta parlando con Aram, no. Sta parlando con qualcun altro. Con sua figlia. Sta chiedendo a sua figlia di parlare con la mia. Quanto siamo vigliacche. Noi, le rivoluzionarie. Nessuna di noi ha un po' di fegato. Forse le riserve di coraggio che abbiamo in dotazione nel corso di una vita sono limitate. Forse le nostre le abbiamo esaurite sulle strade insanguinate della rivoluzione. Mi chiedo chi dirà ad Aram che sto per morire. Mi rendo conto che non lo so, né ho la forza di alzarmi per prendere in mano la situazione.

Mi metto spesso alla finestra a guardare il panorama. La vista che si gode da casa mia è splendida, come un quadro. Lo faccio notare a ogni nuovo visitatore.

"Guarda che panorama!" dico. Come se fosse possibile non accorgersene.

Abito al tredicesimo piano, in un appartamento che ha un'intera parete costituita da finestre. Si vede solo cielo. Cielo, cielo all'infinito. In basso c'è il mare, lo si può seguire con lo sguardo finché non si fonde con l'orizzonte. E intorno, alberi. Alberi stretti l'uno all'altro, che cambiano con le stagioni.

Per la maggior parte delle persone non è niente di speciale. Cielo, acqua, alberi. Vorrei spiegare a chi mi viene a trovare perché per me lo è, ma non ci riesco. Vorrei dire: "Lo sai cosa c'era intorno a me man mano che crescevo? Quando girovagavo per strada, quando andavo a scuola? Sabbia e pietre. Pietre impolverate. Difficile immaginarsele, forse. Sabbia gialla, che ricopriva fitta le scarpe. Le case. Che mamma spazzava dalla soglia più volte al giorno. Ci pensi? Io che vengo dalla sabbia e dalle pietre, ora vivo circondata da cielo e mare. Come se avessi cambiato elemento". Questo vorrei dire. È stupefacente. Grandioso. E in un certo senso anche doloroso. Quello che sei stato è svanito. Sostituito da qualcos'altro.

Ma non dico niente di tutto questo. So bene perché. Non voglio che credano che vengo dal deserto. Che io sia una donna del deserto. Ne sono già convinti, e non ho voglia di ficcare nelle loro teste altre false immagini di me. Parlo di sabbia, io, non di deserto. Sono due cose diverse, ma la gente non può capire.

Sono fatta così. Non riesco a stare zitta. Di solito so quando è il momento di farlo. A posteriori, almeno. Il punto è che non posso fare a meno di dire quel che penso. Non dovrei. Come persona. Come mamma. Bisogna saper tacere quando si rischia di ferire gli altri. Ma non ci riesco.

Sono sola nel mio dolore. L'ho capito ora. Aram è la persona con cui dovrei condividerlo. Il dolore si tramanda da donna a donna. Ma lei non condivide un bel niente.

Si è fatta viva solo quattro ore e quarantacinque minuti dopo che avevo ricevuto la notizia. Dopo che avevo saputo che sarei morta. So che non gliel'aveva detto nessuno. So che non lo sapeva. E tuttavia mi secca. Certo, ci sono le mie amiche, ma è diverso. Sono dispiaciute. Sentiranno la mia mancanza. Mia figlia, però... mia figlia non può sfuggire all'ineluttabilità del mio destino. Ci tocca condividerlo. Voglio che lo condivida con me.

Quando arriva, sono ancora sdraiata sul divano, con gli occhi semichiusi. Le mie amiche si alzano tutte insieme e corrono ad abbracciarla. Sento la sua voce, stanca. Vorrei che entrasse urlando. Urlando e piangendo. In panico. Ma non lo fa. Entra, e saluta le mie amiche con quella voce stanca. Non mi alzo. Aspetto che sia lei a venire da me. Prende tempo. Indugia un momento nell'ingresso. Fa domande.

Cerca di raccapezzarsi. So che è così. Ma non sembra. Sembra che se ne stia lì impalata a parlare del più e del meno. La cosa mi irrita. Io sono qui immobile mentre tutto va a rotoli, e lei si presenta solo dopo quattro ore e quarantacinque minuti dalla notizia. E neppure corre a salutarmi. Cincischia, perde tempo. Sento ogni fibra del mio corpo tendersi allo spasimo. I polpacci. Le natiche. Le mani. Persino la faccia. Quando finalmente Aram si siede sul tappeto vicino a me, non dico una parola. Chiudo gli occhi più stretti.

"Ciao mamma," mi dice.

"Tu non ce l'hai una mamma," rispondo. "Non più. Non hai più nessuno. Sei orfana."

Sento che trattiene il respiro, come tutte nella stanza. Sento il dolore che ho provocato, che ho sprigionato nell'aria. Lo sento, quel dolore. Mia figlia non è tipo da urlare e strapparsi i capelli, perciò quello che sento è un dolore sordo, che si insinua pian piano dentro di lei, impedendole di respirare. Passa un po' di tempo, qualche minuto, credo. Poi si alza e sparisce. Va in bagno per riprendersi. Come ha sempre fatto.

Le lacrime mi bagnano il viso. Un nodo mi stringe la gola. Le mie amiche si accorgono che sto piangendo e si chinano su di me. Mi stringono le mani, mi accarezzano la testa. Sono tutte intorno a me. Lei è in fondo alla stanza, sola. Vorrei chiedere a una di loro di raggiungerla, ma non mi esce neanche una parola. Si abituerà, dice una voce nella mia testa. Prima o poi si abituerà.

Aram mi legge delle poesie. Non l'ha mai fatto, e la cosa mi stupisce. Credo che sia un rito che condivideva con Masood. Forse spera che in questo modo io possa prendere il suo posto. Non è possibile. Siamo sedute sul divano, lei con le gambe ripiegate sotto le natiche.

"Ascolta mamma: Mio padre disse: Poiché nessuno che ti appartiene è sepolto in questa terra, questa terra non ti appartiene."

Le lancio un'occhiata vuota.

"Capisci?" mi domanda. "Poiché nessuno che ti appartenga è sepolto in questa terra, questa terra non ti appartiene. Ma qui abbiamo sepolto papà."

Osserva il mio silenzio e lo riempie, come se potesse essere d'aiuto.

"Questi versi li ha scritti una ragazza persiana."

Vorrei dirle che è ridicolo. Innanzitutto non esiste una "terra di qualcuno": è solo una stronzata patriottica. Nessuno possiede alcuna terra. Tuo padre è stato cremato, penso. Sotto terra c'è solo la sua urna. Lui non appartiene al suolo svedese. Sono una che dice le cose come stanno. E allora lo dico. Mi ascolto pronunciare quelle parole ad alta voce. Me ne pento subito. Vedo il dolore gonfiarle il petto e poi il collo.

Cerca un senso, è ovvio. Vuole chiudere il cerchio, arrivare a una conclusione chiara e definita. Vorrei chiederle scusa, ma non lo faccio.

"E allora, se le cose stanno così, cosa succederà dopo di me?" le chiedo. "Cosa succede quando una persona ha sepolto entrambi i genitori in questa terra? Riceve un premio? Una medaglia di *svedesità*?"

Aram si alza e va in cucina. Apre il rubinetto per prendere dell'acqua, credo. Dovrei seguirla, ma non lo faccio. Prendo il telecomando e cambio canale. Riappare dopo un po'. Non dice altro. Solo, dopo qualche istante:

"Adesso vado a casa".

La guardo irritata.

"Ma se sei appena arrivata!"

"Sono qui da quattro ore, mamma, devo proprio andare."

Non voglio. Non voglio che se ne vada.

"Se questo è il tempo che puoi dedicarmi, tanto vale che tu non venga proprio," mi sento dire.

Lei annuisce, e se ne va. Non riesco a trattenerla. Era da tempo che non mi riusciva.

È possibile che una vita vissuta intensamente bruci più in fretta? Mi hanno sempre detto che rido troppo forte. Forse ogni risata troppo fragorosa ha sottratto giorni alla mia vita. Forse abbiamo a disposizione solo un numero prestabilito di respiri che si esauriscono se ridiamo troppo forte o discutiamo animatamente o balliamo fino a sfinirci. O quando urliamo slogan e scappiamo dai soldati e dai guardiani della rivoluzione. Respiro, respiro, affanno, fine.

Forse.

Ho iniziato la chemioterapia, dopo tre mesi di attesa. C'è stata Pasqua di mezzo.

"Quanto si è diffuso il cancro negli ultimi tre mesi?"

Fisso con durezza la dottoressa, Christina. Con gli occhi le dico: "Se muoio, la colpa sarà solo tua e della tua lista d'attesa".

In un primo momento non reagisce. Cerca di capire la mia domanda. Christina è specializzata in oncologia e ginecologia. Il cancro ha avuto origine nelle ovaie. Sono stati i miei organi femminili, gli organi della maternità, a infiammarsi per primi. Ironia della sorte. Gliel'ho detto la prima volta che ci siamo incontrate: non è ironico essere punite solo per il fatto di essere donne? Mi ha guardato in silenzio, disorientata.

"So che l'attesa è difficile," dice. "Ma cerchiamo di fare del nostro meglio."

"Avreste dovuto fare del vostro meglio tre mesi fa! Forse avrei avuto una chance."

La dottoressa abbassa lo sguardo sulle carte.

"La ricoveriamo subito, per qualche giorno."

Dice solo questo.

Sento che Aram le fa un sacco di domande, che a me non sarebbero mai venute in mente. Si è studiata tutto per bene.

Cerco la sua mano, gliela stringo. È una che studia tutto per bene, mia figlia.

"Lei è un medico?" le chiede Christina.

"No, ma questa è mia madre," risponde Aram.

Ha un cedimento nella voce. Noto che la dottoressa esita.

Comunque, capisco che il cancro è progredito. Mi terranno sotto controllo, nel caso comprometta alcune funzioni vitali. Ne parlano come se non fossero parte di me. Smetto di ascoltare. Lascio che sia Aram a parlare al posto mio.

Finalmente arriviamo al termine della visita e lasciamo lo studio. Hanno già preparato il letto. Mi siedo sul bordo. Guardo l'accappatoio fornito dall'ospedale, le lenzuola grigiastre. La coperta azzurra. Aram continua a tenermi la mano.

"Andrà tutto bene mamma, vedrai."

Mi lascia per andare a comprare succhi di frutta e riviste. Non mi muovo. Non mi muovo di un solo millimetro mentre lei è via.

Ritorna in fretta, col fiato in gola. Ha due buste, che posa sul pavimento. Corre ad abbracciarmi. Mi stringe forte. Io resto seduta sul bordo del letto, le braccia lungo i fianchi. Che restino pure lì. Mi lascio stringere. Mi abbandono al suo abbraccio. Mi tiene stretta a lungo. Mi culla con dolcezza. Sento il suo cuore pulsarmi contro la guancia e penso che l'ho creato io, quel cuore. Il suo cuore. Penso che il cuore di mia figlia ha battuto forte dentro di me. E, adesso, contro di me. E, fra non molto, senza di me. Fra non molto il mio cuore tacerà, e il cuore di mia figlia continuerà a custodire il ritmo del mio. In un frammento dei suoi battiti continuerà a esistere una parte di me. Vorrei sentirmi consolata da questo pensiero, ma non succede. Voglio i miei, di battiti. Li voglio tutti per me, dentro di me. Non voglio ridurmi a un'ombra custodita nel corpo di un'altra, nei ricordi di un'altra.

Sollevo le braccia e la allontano, spingendola con forza. Aram barcolla, per poco non cade all'indietro. Sembra una bambina spaventata, un uccellino sperduto sbalzato fuori dal nido senza preavviso. Nel mio sguardo non vede niente. Sono come svuotata. Alla fine si gira e rovista alla rinfusa nelle buste. Eccomi servita. Succhi di frutta e riviste. Con le foto, quelle sfacciate e indiscrete dei paparazzi. Sa che leggo con fatica. Un sacchetto di caramelle Werther's Original, che mi versa in un bicchiere di plastica. Mi ricordano l'infanzia, lontana, lontanissima nel tempo e nello spazio. Poi estrae un coniglietto bianco dalle orecchie morbide.

"Pensavo... non so se ti va di tenerlo."

Lo prendo in braccio. Lo accarezzo, mentre Aram va a prendere un vaso e lo riempie d'acqua nel piccolo lavello. Dentro vi ripone dei fiori, di quelli che avvizziscono in fretta. Che si vendono nei baracchini fuori dagli ospedali. Ho una voglia matta di dirlo. Che quei fiori sono moribondi proprio come me. Ma mi trattengo, cerco di tenere a freno la lingua. Aram si siede sullo sgabello accanto al mio letto.

"Okay," dice. "Ora ti saluto, devo andare al lavoro."

Mi prende di nuovo la mano. La lascio fare senza ricambiare la stretta.

"Quando torni?"

"Domani, mamma. Ma ti chiamo stasera."

Domani. Guardo l'orologio. 11.27. Conto le ore che dovrò trascorrere da sola in questa stanza d'ospedale. Sveglia. Vorrei chiederle di restare, ma come si fa? Ha detto che deve andare, non resterà. Un nodo mi stringe la gola. Nessuno vuole restare qui. Sollevo lo sguardo su di lei.

"Questi fiori di merda moriranno presto," dico. "Proprio come me. Puoi pure portarteli via."

Lei sobbalza, come se l'avessi schiaffeggiata in pieno viso. Abbassa lo sguardo. Per qualche secondo, forse un minuto. Silenzio.

"Vai, vai pure," dico alla fine, girandomi dall'altra parte.

Lei mi appoggia una mano sulla spalla, poi si dilegua.

Mia madre non lo sa ancora che sto per morire. Non le ho detto niente e ho vietato a chiunque di farlo. Non ha certo bisogno di un'altra preoccupazione. Né di perdere una figlia. Un'altra figlia. Perdita. A volte, a chi ci accusa di essere venuti qui per prendere ciò che non ci appartiene, vorrei dire: credi che abbia vinto qualcosa? Credi che abbia vinto più di quanto ho perso? E tu, poi. Proprio tu. Credi di aver perso più di quanto hai ottenuto? Credi che la tua perdita sia maggiore della mia vincita?

La mia nascita è stata una delusione. Ero la sesta femmina in una famiglia senza figli maschi. Non esattamente quel che i miei genitori si erano augurati. E comunque non fui la delusione più grande. La nascita di Noora, sei anni dopo, quella sì che lasciò tutti senza parole. In realtà non so bene perché volessero tanto un figlio maschio. Nelle famiglie più conservatrici un maschio significava qualcuno in grado di guadagnare, una fonte di reddito. Una femmina solo un costo. Ma non nella mia famiglia. Quando nacqui io, Maryam aveva già vent'anni ed era un'insegnante. Andava nei villaggi e nelle città dove avevano bisogno di maestre. Viveva da sola e guadagnava bene. E divideva con noi il suo stipendio.

Ben presto tutte le mie sorelle maggiori cominciarono a lavorare. Come insegnanti e assistenti ricercatrici. I loro soldi erano i nostri soldi e vivevamo tutte insieme in un bozzolo di solidarietà femminile e orgoglio. Mamma si dava da fare come estetista e parrucchiera. Riceveva le clienti a casa. Taglio dei capelli e colore. Ritocco alle sopracciglia e trattamento viso. Imparai in fretta i trucchi del mestiere e presto cominciai a dare una mano anch'io. Le signore si sdraiavano su un materassino, e io mi chinavo sui loro visi con il filo per la depilazione orientale fra le mie dita paffute di bambina. Non mi piace raccontare queste cose agli svedesi. Hanno una mentalità molto diversa. Le mie povere sorelle che sgobbavano per dare i soldi alla loro madre. Io e Noora che insaponavamo capelli e levigavamo volti rugosi. Che lavoravamo per la famiglia. Nessuna vera indipendenza per loro, nessuna vera infanzia per noi. Può darsi. Ma in realtà ce la passavamo alla grande, secondo me. Le mie sorelle avevano una gran libertà. E io poi? In mezzo a tutte queste donne, in un turbine di fascino femminile e indipendenza economica. Tutto in una volta.

Da ragazza avevo grandi potenzialità. Intelligente. Ambiziosa. Una lavoratrice instancabile. Qualità che, si credeva, significavano qualcosa. Che mi avrebbero portato lontano.

Superai il test di ammissione alla facoltà di Medicina. Un traguardo dal significato impossibile da spiegare. Un sogno. "Il" sogno. Mia madre, le mie sorelle. Ne furono così orgogliose che piansero per giorni e giorni dopo la pubblicazione della notifica di ammissione sul gazzettino.

Sul finire dell'estate le mie sorelle invitarono i vicini a una festa per celebrare l'evento. La mamma non voleva. Secondo lei, le buone notizie vanno tenute nascoste. Il malocchio era ciò che più temeva. Che qualcuno invidioso di noi potesse mandare tutto in cenere. Ciononostante ci aiutò a organizzare la festa. Otto donne in una cucina annebbiata dal vapore. La mamma e le sue sette figliole. A dirla così sembra una favola. E lo era, per me.

Maryam, con la fronte lucida di sudore, friggeva montagne di melanzane e cucinava montagne di carne. Mahvash, Gita, Shoohreh e Shabnam con le loro minigonne e le zazzere biondo platino. Quattro giovani donne indipendenti, belle come bambole. Ero stata io a creare l'acconciatura stile Farrah Fawcett. Era quello il mondo che sognavamo tutte.

Charlie's Angels e *Il Padrino*. Forte e fragile. Salvare ed essere salvate. Cose che non esistono in nessuna realtà.

Pulivano le verdure sedute per terra. Nostra madre aveva guardato con disapprovazione le loro lunghe gambe nude in bella vista, e gliele aveva coperte con un telo. Non voleva che mostrassimo la pelle. Che ci mostrassimo, in generale. Che fossimo provocanti.

E poi c'era Noora. La nostra cucciolotta, dodici anni appena compiuti. Saltellava in mezzo a noi, le trecce che rimbalzavano in aria, e parlava, parlava. Mamma mia, quanto parlava!

"Non capisco perché non possiamo invitare *agha* Hossein e i suoi figli?"

"Perché non si fa, Noora," rispose mamma.

"Ma non capisco perché! Li conosciamo da una vita, non si offenderanno?"

"Comunque non verrebbero, Noora."

"E come fai a saperlo, glielo hai forse chiesto?"

Maryam era quella che interveniva sempre in queste situazioni. Quando intuiva che la mamma era sul punto di sbottare. Era il suo ruolo. Deviare l'attenzione, proteggere, fare da scudo.

"Noora, non verrebbero perché si vergognano."

"Perché?"

"Perché Mustafa è venuto a trovarci per chiedere la mano di Nahid e lei lo ha rifiutato, non ti ricordi? Non è facile per un uomo, Noora."

"Ma scusa, questo vuol dire che lui ama Nahid, è ovvio che voglia festeggiarla con noi!"

"No, Noora. Non è ovvio per niente."

Io ero l'opposto di Maryam. Dura, di poche parole, per niente incline a proteggere.

"È proprio il contrario. Mustafa è un uomo e l'orgoglio è tutto quello che ha. Credi che possa reggere il confronto con una ragazza che gli ha detto di no ed è destinata a grandi cose? A diventare un medico? Quando nessuno nella sua famiglia, nessuno dei sei fra uomini maturi e baldi giovani, ha fatto l'università? Metà di loro non è riuscita neppure a finire il liceo. Non avranno nessuna voglia di fare festa con noi! Magari ci daranno anche delle streghe e delle puttane!"

"Nahid!"

Abbassai la testa, zittendomi. Raramente Maryam usava quel tono.

"Streghe e puttane!" rise Noora entusiasta, saltellando per la cucina. "Streghe e puttane," canticchiava, accompagnata da Mahvash e Gita.

Noora prese il telo che mamma aveva buttato sulle gambe delle mie sorelle e con uno sguardo civettuolo se lo avvolse sulla testa a mo' di chador.

"Strega e puttana hanno detto alla dottoressa Nahid. Streghe e puttane siam tutte noi!"

Incrociai lo sguardo di Maryam e scoppiammo a ridere. In un lampo fummo tutte in piedi, una di noi mise un vinile e ci mettemmo a cantare e ballare con foglie di insalata e pezzetti di carne in mano. Le streghe e le puttane si trasformarono in Hayedeh, la nostra grande icona pop.

Mi ricordo anni dopo. Molto tempo dopo la nostra fuga. Molto tempo dopo la fuga di Hayedeh. Quando venimmo a sapere della sua morte e Masood, alzando a malapena gli occhi dal giornale, disse solo quattro parole:

"Una puttana di meno".

Quando ripenso alla sera della festa, il senso di perdita si fa ancora più acuto. Era stato tutto così perfetto. Mia madre e le mie sorelle avevano cucinato per giorni. Lo zio aveva disseminato il giardino di luci e invitato degli amici musicisti. Una donna dalla voce di velluto, un uomo più anziano al *tombak* e suo figlio alla chitarra. Vicini e parenti entravano a gruppetti dal giardino, fischiettando e inneggiando al futuro. Si presentò perfino *agha* Hossein. Rimase in attesa all'ingresso, con il cappello posato sul petto. Quando, con cautela, mi feci avanti, si schiarì la voce.

"Congratulazioni," disse, porgendomi un piccolo involucro.

Lo baciai sulla guancia con gratitudine. Era come se la sua comparsa desse forza a tutte le mie speranze per l'avvenire. Sarebbe stato fantastico e niente avrebbe potuto oscurarlo, come invece temevo. Hossein si voltò e se ne andò senza dire una parola di più, ma non importava. Lo seguii con lo sguardo finché non scomparve oltre l'ingesso del suo cortile, poi tornai correndo dalle mie sorelle. Correndo, come una bambina.

I musicisti cantavano e suonavano tutto ciò che volevamo. Facevamo a turno ad andare a chiedere un nuovo pezzo, gli occhi ebbri di speranza e felicità. Ballammo tutta la sera.

Credo che nessuno di noi abbia toccato cibo, o quasi. Non facemmo altro che ballare e cantare. Non c'erano zone grigie. Ombre. Solo gioia. Per mia madre che avrebbe mandato una figlia all'università. L'unica delle sette figlie che avrebbe dovuto mantenere. Se ne stava in disparte, ma alla fine Noora corse in cucina e la trascinò fuori. La prendemmo per le braccia, e lei ridendo si fece spingere nel nostro cerchio, si gettò lo strofinaccio su una spalla e si mise a ballare. A ballare e a cantare. Quando la musica cessò, venne verso di me e mi prese il viso fra le mani screpolate. Mi baciò sulla fronte. Con forza e a lungo. Noora emise un fischio di approvazione, io chiusi gli occhi per nascondere le lacrime. Poi mamma tornò in cucina e vi rimase per il resto della serata, ma andava bene così. Sapevo di averle fatto un regalo prezioso.

Lui era lì quella sera. Non l'avevamo mai visto prima. Era venuto al seguito della famiglia Soltani. Si era appena trasferito in città per iniziare gli studi universitari. I Soltani ritennero che la festa fosse una buona occasione per fargli conoscere altri studenti. All'inizio non lo notai, mi accorsi solo che Noora stava parlando da un pezzo con qualcuno. Qualcuno che rideva delle sue battute e ascoltava i suoi racconti spumeggianti. Fu solo sul tardi, quando mi sedetti sulle scale per massaggiarmi i piedi doloranti, che Noora lo trascinò davanti a me. Che lo vidi.

"Nahid, Nahid, questo è Masood! Andrà alla facoltà di Agraria. Suo padre è un allevatore. Aspetta, cos'è che alleva? Ah già, bachi! Bachi da seta! E poi con la seta ci fanno i tappeti e... Si tratta di un lavoro molto importante! L'orgoglio dell'Iran. Ci pensi?"

Masood scoppiò a ridere. Una risata calda e squillante. Non di maniera, di quelle che nascono nella bocca, no, era una risata vera, di quelle che salgono dalla pancia.

"Per mio padre è molto importante, sì, ma non è l'orgoglio dell'Iran. Non so se ci sia rimasto qualcosa di cui essere orgogliosi."

Queste parole mi spinsero ad alzare gli occhi. Quando incrociai il suo sguardo, notai che era allo stesso tempo accogliente e sfrontato.

"Credevo che fossimo *noi* l'orgoglio dell'Iran. Le belle donne."

Lo dissi come se flirtare fosse per me la cosa più naturale del mondo. Non era così, non l'avevo mai fatto. Mi ricordo che sperai che Noora non mi prendesse in giro, che lasciasse correre.

Masood si sedette sulle scale, di fianco a me. Sorrise amabilmente.

"Voi non siete il nostro orgoglio. Siete il nostro cuore."

Noora emise un fischio.

"Don Giovanni! Attenta a Don Giovanni!"

Dopodiché si allontanò di corsa, mentre io e Masood restammo seduti. Neppure io sapevo, credo, di avere così tanto da dire. Di avere in testa quel vortice di pensieri. Lui invece sembrava saperlo. Sembrava saperlo con esattezza.

Continuammo a parlare, Masood e io. Mentre la musica si affievoliva fino a tacere e le luci si spegnevano a poco a poco. Mentre amici e vicini venivano a salutarmi con un bacio, facendomi le congratulazioni un'ultima volta. Seduti sulle scale, ci dicemmo tutto quella prima sera. Maryam ci guardava attraverso le tende a intervalli regolari. Vegliava su di noi.

Masood aveva idee radicali, le più radicali che avessi mai sentito. Idee sulla necessità di abbattere le vecchie strutture che ci imprigionavano in una vita predestinata. Parlava del popolo, del diritto al pane per tutti. Parlava della giustizia come di una festa, come se fosse compito nostro organizzarla. Quando sorse il sole, Masood si appoggiò all'indietro con le braccia sotto la testa e gli occhi chiusi. I capelli chiari arricciati sulla fronte, splendenti come oro nella luce dell'alba. Lo guardai, per niente stanca. Ricordo benissimo quella sensazione. Di essere stata sveglia tutta la notte, di aver ballato fino allo stremo, cantato fino ad avere la gola secca, ma di non essere ancora sazia. Anzi, di desiderare di più. Ricordo quella fame.

Credo che essere vivi significhi questo. Avere fame. Mi sforzo di pensare a qualcosa per cui valga la pena, ora, di stare sveglia tutta la notte. Ma non mi viene in mente niente, non un solo pensiero. Mi chiedo se io non sia ormai sazia. E se non sia per questo che il cancro è venuto a prendermi.

Masood tornò un paio di sere dopo. Seduta sul pavimento della cucina, al posto che era stato di papà, ero tutta presa ad accorciare le mie gonne con la macchina da cucire della mamma. Accanto a me la radio con la musica a tutto volume, che seguivo dondolandomi a ritmo. Sentivo ancora l'eccitazione della festa. Mancavano pochi giorni all'inizio dell'anno accademico. Nutrivo una fiducia assoluta nell'università. In quello che poteva nascere dall'incontro di tante teste pensanti. Nella mia ingenuità, pensavo alla lunghezza delle gonne. Gonne corte, quella era la mia priorità. Dovevo avere gonne più corte. Diventare una donna libera e liberare allo stesso modo le mie gambe.

All'improvviso arrivò Noora, saltellando. Mi si sedette di fianco. Gli occhi le brillavano dietro le lenti spesse e in mano aveva un mazzo di fiori.

"È qui, è tornato! È tornato per vedere te, Nahid!"

Le feci segno di abbassare il volume della radio.

"Chi, Noora? Chi è qui?"

"Chi? Chi, secondo te? Come se non pensassi sempre a lui. Masood naturalmente, è lui che è tornato. Ti ama, Nahid, ne sono sicura. Ci pensi? Ti ama. Futura dottoressa e donna amata. Che ne pensi, Nahid?"

La attirai a me, ridendo. Le baciai la fronte.

"Ti voglio bene ragazzina, lo sai? Sei tu quella amata."

Lei si sciolse dal mio abbraccio. In fretta. Stava accadendo tutto così in fretta.

"Ti sta aspettando, Nahid. Ti sta aspettando là fuori, non vuole entrare per non disturbare. I fiori però sono per me. Non sono tuoi. È un omaggio per avervi fatto conoscere."

Affondò il viso nel bouquet e inspirò profondamente.

"Profumano d'amore!"

Mi alzai e corsi da lui.

Il giorno dell'iscrizione arrivai in facoltà con la mia gonna più corta e i capelli morbidi sulle spalle ben phonati. La camicia, di soffice seta e con un fiocco sul petto, era di Gita. Devo avere una foto da qualche parte. Io con la mamma, l'una accanto all'altra sulla soglia di casa, poco prima che uscissi. Lei, più bassa di me di una testa e con un ampio sorriso. Sorrideva così di rado. Io, con uno sguardo infantile, gioioso. Noora deve essere stata dietro la macchina fotografica.

Ricordo il mio orgoglio di quel giorno, di quel periodo. Orgogliosa e felice. Avrei dovuto accontentarmi. Non desiderare di più. Invece l'ho fatto.

Le dinamiche di aggregazione furono chiare fin dal primo giorno. Gli studenti si radunavano in piccoli gruppi, molti parlavano a bassa voce, ma c'era chi aveva già trovato le parole d'ordine con cui farsi notare. Slogan che spuntavano qua e là, come i primi popcorn che scoppiettano nella padella. Pochi, sporadici, ma chiari. Con la promessa che ne sarebbero seguiti altri. Mi aggiravo per la facoltà con i miei libri stretti al petto e i tacchi che ticchettavano sul pavimento a mosaico. Ma non mi sembrava più la scelta giusta. Non mi faceva sentire poi così libera. Le ragazze dei vari gruppi erano vestite come i maschi. Jeans svasati e camicia, facce acqua e sapone e capelli raccolti in trecce. Si muovevano in libertà e scioltezza. Circondate da un'aura di luce. Come se avessero un obiettivo così grande che il solo pensiero di quella grandezza bastava a illuminarle.

Avevo appuntamento con Masood alla caffetteria. Lo vidi io per prima. Appoggiato a una parete, una sigaretta all'angolo della bocca, parlava gesticolando energicamente. Era circondato da un folto gruppo di persone. Uno di quei gruppi. Mi bloccai, con un improvviso e forte senso di vergogna. Per le mie gambe nude e per tutta l'energia che avevo sprecato nel vestirmi all'insegna della libertà. Che cosa ne sapevo io, della libertà? Stavo giusto pensando di filarmela quando Masood mi vide. I nostri sguardi si incrociarono e lui si fermò nel bel mezzo di una frase. Non so come spiegarlo. A ripensarci ora non posso che maledire la mia ingenuità. Ma appena mi vide, Masood si illuminò. Come se avesse preso improvvisamente vita. Il suo viso splendeva di felicità e ammirazione e il suo sguardo riusciva a sciogliere la mia insicurezza. I vestiti che indossavo, i miei dubbi, niente di tutto questo importava. Sentivo che lui vedeva chi fossi davvero. Che cosa volessi. Che mi avrebbe aiutato a ottenerlo. Sentivo che voleva la mia libertà e la mia forza, che le voleva forse persino più di me.

Una serata tiepida, poche settimane dopo. Ero rimasta in biblioteca fino a tardi. Di solito, dopo le lezioni, mi affrettavo a tornare a casa per aiutare la mamma, ma qualcosa stava cambiando dentro di me. Stavo iniziando a capire che ero una persona a prescindere dagli altri. Che ero qualcosa di più di una parte di altri. Un pensiero completamente nuovo, che durava il tempo di un niente.

Non volli prendere l'autobus per tornare a casa, preferii girovagare per la città. A osservare giovani innamorati. Una coppia se ne stava stretta stretta su una panchina, a sussurrarsi chissà che cosa. Un'altra parlava animatamente e rideva davanti al chioschetto dei gelati. No, non faceva per me, non aveva mai fatto per me. Non volevo essere la moglie di nessuno. Non volevo dedicare la mia vita ad accudire gli altri. Non volevo diventare come mia madre. L'ultima cosa che volevo era diventare come mia madre. Però pensavo all'amore. A Masood. Volevo stare con lui ma non essere sua. Però così non funziona, non ha mai funzionato.

Quando finalmente arrivai a casa, mi accorsi che il portone d'ingresso era aperto. Pensavo che tutti dormissero. Ma quando attraversai il piccolo cortile e aprii la porta esterna, sentii una canzone provenire dalla cucina. Dev'essere la radio, pensai mentre appendevo la giacca e appoggiavo i libri sullo scaffale. Ma quella voce mi ricordava qualcuno, e poi avvertivo in sottofondo un altro rumore. Acqua corrente. Mi diressi a passi felpati verso la cucina e vidi la mamma. Seduta al solito posto, con gli occhi chiusi e una tazza di tè fra le mani. Si dondolava piano, seguendo il ritmo della canzone. Entrai e sobbalzai per la sorpresa quando vidi la schiena di Masood. Era in piedi, chino sul lavello, le maniche della camicia arrotolate, intento a lavare i piatti della cena con gesti fluidi e delicati, mentre cantava.

Non si accorsero della mia presenza, e io non volli disturbare la loro quiete, così li lasciai in pace. Andai a dormire. Guardavo Noora immersa in un sonno profondo nel letto accanto al mio, ascoltavo la melodia provenire dalla cucina e i miei occhi, lo ricordo bene, si riempirono di lacrime. La presenza di Masood mi dava un senso di sicurezza che non avevo mai provato prima.

Un venerdì mattina, all'alba, Masood bussò piano alla nostra porta. Gli corsi incontro. Avevo ormai abbandonato gonnelline e camicette. Ora indossavo jeans svasati, scarpe comode e una delle camicie a quadri di Noora. La mia faccia era acqua e sapone. Rabbrividii leggermente quando lui mi abbracciò. Mi sentivo nuda e indifesa, più di quanto non mi fossi mai sentita in minigonna. Ma presto le cose sarebbero cambiate. Presto non mi sarei più vista come un volto, un corpo, ma come un fascio di idee e pensieri. Che mi avrebbero protetto meglio di qualunque vestito o makeup.

Eravamo diretti in montagna per incontrare gli altri. Le persone che stavano con Masood il giorno dell'immatricolazione erano diventate il nostro gruppo. Dovevamo tenerci alla larga da polizia e soldati e quelle superbe montagne erano un buon riparo.

Prendemmo la macchina di Masood per uscire dalla città, ma la lasciammo parcheggiata a distanza di sicurezza. Dopodiché cominciammo a salire a piedi. Ci dava forza. Equilibrio. Capacità di resistenza. Una magia. Il sole basso all'orizzonte. L'aria limpida e ancora fresca. L'adrenalina che pulsava nei nostri corpi. I piedi che ci conducevano alla meta un passo dopo l'altro. Quel rumore, il rumore dei piedi. Piedi che camminano, corrono, lottano.

Quando ci avvicinammo al luogo dell'incontro, Masood emise un paio di segnali vocali. Uno per comunicare che eravamo noi. Un altro perché chi ci ascoltava controllasse che nessuno ci stesse seguendo. Subito dopo arrivò la risposta. Un suono per il "via libera".

Ci stavano aspettando. Saber e Rozbeh, Ali e Soraya. Era prima che assumessimo nomi falsi, che entrassimo in clandestinità. A quei tempi era diverso da come sarebbe diventato. Ci salutammo affettuosamente con baci sulle guance e voci eccitate. Ali ci servì del tè e Saber, leader del gruppo, diede il via alla riunione. Era chino in avanti con un piede appoggiato su una grossa pietra e le braccia posate sulle gambe. Una visione che mi fece venire le farfalle nello stomaco. Indossava una camicia con le maniche rimboccate, un gilet leggero e un paio di scarpe pesanti. Alle sue spalle si stagliavano le cime delle montagne. Avevano un intenso color oro nella luce del sole e davano un'impressione di immensa potenza. Credo che noi ci percepissimo come parte di quelle montagne.

Credevamo di essere altrettanto potenti. Altrettanto saldi. Immortali. Gente fatta di roccia.

Quando finimmo di parlare di politica, Rozbeh prese il suo sitar e iniziò a suonare. Dalla nostra postazione vedevamo gli altri gruppi, centinaia di persone. La musica arrivava da diverse direzioni. Armonica a bocca, canzoni. Masood fischiettava a tempo e Soraya cantava. "L'inverno è finito, la primavera è in fiore." Dopo la prima strofa mi inserii anch'io. "Il rosso fiore del sole è tornato, e la notte è ormai un ricordo." Restammo lì seduti con i nostri berretti, le trecce, le facce acqua e sapone. "Nei nostri cuori abbiamo intere foreste di stelle!"

È così che tutto è cominciato.

La rivoluzione ci colpì come una pioggia di stelle. Non so quando abbiamo capito che si trattava di una rivoluzione. Che eravamo dei rivoluzionari. Volevamo esserlo, certo. Ma cominciò tutto come un sogno infantile. Bambini che sognano di essere astronauti, o star del cinema, o di diventare il presidente.

Quando conoscemmo Saber, stava per laurearsi in ingegneria. Era come un leone. Così bello. Così grande. Così forte. Quando ci camminava davanti, si vedeva la forza pulsare nei muscoli della sua schiena. Eravamo tutti innamorati di lui. Non si incontrano molte persone così nella vita. Credo di avere avuto l'occasione di essere felice. Eppure mi sarebbe piaciuto non averlo mai incontrato. Non avere mai conosciuto Masood. Che non fosse mai venuto a casa nostra. Avere gironzolato nel campus in minigonna, e vissuto la vita così come veniva.

Ora penso che siamo stati degli idioti. Avevamo tutto. Tutto quel che si può sperare. Eravamo le persone più ricche del mondo. Per molti versi, avevamo più di chi era ricco davvero. Avevamo un futuro da costruire con le nostre mani. Saber. Avrebbe dovuto accontentarsi di diventare un uomo ben vestito, con una bella moglie, una casa, dei figli, macchine e whisky. Ma no. Noi costruivamo princìpi. Volevamo la vera libertà. La volevamo per noi e per tutti. Era quella l'attrazione, la bellezza. Portare il peso della giustizia sulle nostre spalle. Essere soldati della giustizia.

Pensavamo che dipendesse da noi! Che fosse alla nostra portata. Stupidi bambini ingenui. Ma è la cosa migliore che ho fatto. A volte vorrei che quella fosse stata la mia vita. Tutto quello che è venuto dopo... ne avrei fatto a meno.

Quel giorno, Noora e io scivolammo fuori dal letto ben prima dell'alba. Ci vestimmo in fretta e furia, in un'attesa piena di eccitazione. La mamma non ci sentì. Ricordo che, per una frazione di secondo, pensai che avremmo dovuto svegliarla. Che avrei dovuto dirle che quella volta Noora sarebbe venuta con noi. Ma non lo feci. Avevo paura delle sue proteste e della delusione di Noora. La lasciai dormire, e io e Noora andammo incontro a Masood, che ci aspettava in giardino.

Quando ci ripenso, anche se sono passati anni, tutto sembra un unico movimento. C'era stato un cambio di regime, vero, ma non eravamo soddisfatti. Le università erano state chiuse per mettere a tacere quelli come noi. Ma non riuscirono a fermarci, e andammo avanti con i nostri incontri, le nostre manifestazioni.

Non so perché le permettemmo di unirsi a noi. Ancora adesso non capisco perché. Lo voleva con tutte le sue forze. Le nostre parole l'avevano accesa di entusiasmo. Per quello che vedeva fra noi. Per il via vai di compagni, per i bisbigli misteriosi e le risate allegre.

"Questa lotta è tanto mia quanto tua," mi disse, facendo ridere Masood. Non potevamo certo contraddirla. La nostra piccola, dolce Noora. Rivoluzionaria a quattordici anni.

La prendemmo per mano e ci dileguammo nel buio. Incontrammo il resto della compagnia sotto il ponte. Saber salutò Noora muovendo appena la testa. Un gesto silenzioso che la inorgoglì non poco. Poi ci invitò a seguirlo, e così facemmo. Si fermò davanti a un cancello sconosciuto e chiese a me e a Masood di varcarlo con lui. Gli altri sarebbero rimasti fuori a fare la guardia. Scendemmo in uno scantinato buio. Ci vollero alcuni secondi perché gli occhi si adattassero all'oscurità, e ricordo la mia mano cercare quella di Masood. Il nostro aggrapparci forte l'uno all'altra. A un certo punto, una donna si alzò dalla sua postazione alla stampatrice a caldo e ci venne incontro. Senza dire una parola, consegnò a Saber una pesante borsa di tela.

Una volta in strada, ci dividemmo i volantini freschi di stampa, poi Saber indicò a ciascuno di noi il percorso da compiere. Pensavamo di esserci ormai abituati. L'avevamo fatto tante di quelle volte. Battere la città palmo a palmo per infilare di nascosto i volantini sotto ogni porta. Diffondere il nostro messaggio. Incoraggiare la gente, coinvolgerla. Nei volantini scrivevamo più o meno sempre le stesse cose, nonostante impiegassimo un mucchio di tempo ed energia per trovare le espressioni più efficaci.

Resistenza.

Lotta.

Giustizia.

Uguaglianza.

Libertà.

Saber aveva dato un fascio di volantini anche a Noora, ma io mi opposi: non volevo che se ne andasse in giro da sola.

"Dammeli!"

Lei protestò.

"Li voglio io, Nahid, sono miei!"

"Accontentati di venire con me."

Le strappai i volantini dalle mani. I nostri sguardi si incrociarono. Mi guardò come se le avessi rubato qualcosa. Un'esperienza. Come una serata al cinema o un paio di scarpe nuove.

"Noora, dico sul serio. Vieni con me e basta."

Noora allungò il braccio per riprendersi i volantini, ma Masood fu abbastanza svelto da mettersi fra di noi. Le posò le mani sulle spalle. Le lanciò lo sguardo paterno di cui sapevo che aveva bisogno.

"Ti vogliamo troppo bene, Noora," disse. Lei lasciò cadere le braccia. Arresa.

Masood mi sorrise, poi io e Noora ce ne andammo. Farsi beccare con quei volantini in mano sarebbe bastato per una condanna capitale. Lo sapevamo, ma non bastava a fermarci. Però non era giusto scaricare una responsabilità così grande sulle spalle di Noora.

Per tutta la mattina camminò a pochi passi da me, dandomi una sensazione di pienezza. Mi piaceva averla vicino. Ero fiera del suo coraggio, davvero. Di tanto in tanto si dimenticava di sé. Cominciava a saltellare o a fischiettare una canzone e a quel punto non riuscivo a trattenermi dal ridere. Per la maggior parte del tempo, però, sgattaiolavamo da una porta all'altra, cercando di non farci scoprire. Accoccolandoci e imprecando quando avvistavamo qualcuno nelle vicinanze. Nascondendoci nei vicoli più stretti. Negli occhi di Noora brillava una luce. Era felice, a suo agio. Quanto la capivo! Era divertente. Eccitante. E faceva paura, ma come può far paura entrare in una casa di fantasmi. E poi, potevamo contare gli uni sugli altri.

Quando l'ultimo volantino fu distribuito, ci incontrammo con Masood e Rozbeh. Il sole era appena spuntato, e ci incamminammo tutti insieme lungo la strada. In mezzo alla strada, anzi. Spavaldi. Come se non potesse succederci nulla. Come se fossimo immortali. Ormai il sole splendeva alto su di noi. Ci proteggeva.

"Questa è la libertà!" disse Noora. Con solennità. E dentro di me sentii fremere la vita stessa. Masood si tolse il berretto e glielo calò sulla testa, ridendo. Poi la circondò con le braccia e l'attirò a sé.

Noora aveva quattordici anni. Io venti. Penso a cosa fanno insieme le sorelle a quell'età. Di cosa parlano. Sento la testa vuota. Non lo so. Ma so cosa ho fatto con mia sorella. E so anche che è stato meraviglioso. Mi accompagna nella vita come un sogno.

Ci avviammo insieme verso l'università, dove si sarebbe svolta la manifestazione. Quando Noora si rese conto che era proprio vero, che sarebbe venuta con noi, mi raggiunse di corsa e mi saltò sulle spalle.

"*Zendegi, jonami jan!* La vita!"

Ridemmo tutti. Io, lei, gli altri, ridemmo tutti del suo entusiasmo infantile.

Quando ripenso a quel giorno, mi domando ancora perché nessuno si sia preoccupato. Nessuno abbia avuto paura. Nessuno abbia imboccato la direzione opposta, sia tornato a casa. Nessuno si sia nascosto.

Davanti all'università si erano radunate parecchie migliaia di persone. Ci lasciammo assorbire da quel flusso, Masood, Rozbeh, Noora e io. Ci tenevamo per mano, come una catena. Era importante. Era importante essere in grado di staccarsi dal gruppo e sparpagliarsi in modo da non essere esposti tutti allo stesso pericolo. Ma al tempo stesso, era importante restare uniti. Ci tenevamo per mano, urlando a squarciagola i nostri slogan. Il sole splendeva su di noi. Di tanto in tanto lanciavo un'occhiata in tralice a Noora. Mi domandavo se tutta quella massa umana non la spaventasse. Se ce l'avrebbe fatta, se non avrebbe invece chiesto di tornarsene a casa. Non lo fece. Continuava a sgolarsi come se quella fosse la sua personale battaglia. Quattordici anni.

È difficile spiegare quello che accadde. Camminavamo come in trance. Procedemmo così per non so quanto tempo. Poi, di colpo, la marcia si bloccò e udimmo delle urla in lontananza. Urla e spari. Masood cercò di issarsi sulle spalle di Rozbeh per vedere cosa stava succedendo, ma giusto in quel momento la folla sembrò cambiare direzione. La gente correva contro di noi in preda al panico, sparita la gioia dai volti. Masood e Rozbeh caddero e io mi diressi verso di loro trascinandomi Noora dietro. Non so come, ma riuscimmo a raggiungerli e a tirarli su. Poi ci mettemmo a correre, sempre tenendoci per mano. Masood provò a individuare una via di fuga, ma la folla era troppo fitta. Potevamo solo farci trascinare dalla massa. A un certo punto sentimmo sparare proprio davanti a noi, e per un istante tutto si fermò. Una frazione di secondo in cui tutti capimmo che le guardie avevano fatto irruzione fra la gente, in sella alle moto e con le armi spianate. Erano ovunque.

Non ci fu più alcuna direzione da seguire, alcuna unità. Il fiume umano prese a muoversi come in un vortice. Tutti cercavano un varco, una direzione verso cui correre lontano da quell'inferno. Mi ci volle del tempo per capire l'ineluttabilità dell'orrore sotto i miei occhi. Dell'orrore che sarebbe seguito. Ma d'un tratto incrociai lo sguardo di Masood, pieno di un terrore che non mi sarei mai neppure immaginata. Stavano sparando per ucciderci. Mi voltai verso Noora. Mi guardava da dietro le spesse lenti rotonde. Sorridendo. Con un punto interrogativo stampato sul viso. Credeva che le cose andassero sempre proprio così. E ora si chiedeva che cosa avremmo dovuto fare. Quale sarebbe stato il prossimo passo. Le sorrisi a mia volta, per tranquillizzarla.

Accadde tutto in un'unica mossa. Non ci fermammo un secondo, lo so per certo. Ma quell'attimo, quell'attimo mi si è conficcato nella retina, nella mente, nel cuore con tale forza da darmi l'impressione che tutto il resto non esistesse. Che ci trovassimo su un palcoscenico con i riflettori puntati addosso, come se fossimo al centro del mondo. Feci un cenno con la testa a Noora. Sentii uno sparo, sobbalzai. Sembrava vicino. Vicinissimo. Come se un proiettile mi fosse passato accanto fin quasi a sfiorarmi. Mi girai di nuovo verso Masood. Con uno scatto così violento che le trecce si sollevarono in aria, colpendomi in faccia. A un tratto avvertii un peso, un peso enorme fra le mani. Abbassai lo sguardo. Era Rozbeh. Le ginocchia a terra, lo sguardo verso di me, la faccia deformata dal dolore. Pian piano lasciò andare la mia mano, poi si accasciò e cadde riverso a terra. Non mi era neanche passato per la mente, all'inizio. Non mi era neanche passato per la mente che avrebbe potuto succederci qualcosa. C'era così tanta gente. Eravamo così giovani. Perché avrebbero dovuto colpire proprio noi? Mi chinai per riafferrare la mano di Rozbeh. Per tirarlo su. Ma a quel punto anche Masood cadde sulle ginocchia. Pesantemente, aggrappandosi al busto di Rozbeh e trascinandolo nella caduta. Fu allora che lo vidi. Il sangue che era spuntato come un fiore sulla T-shirt bianca. La rosa rossa sul petto di Rozbeh. Masood teneva la testa rivolta al cielo. Aveva gli occhi chiusi, urlava. Per un po', credo, non riuscii a fare altro che starmene lì in piedi, rigida, lo sguardo fisso su di lui. Poi mi tolsi la sciarpa. La premetti forte contro la ferita. Ma il sangue continuava a sgorgare. Si espandeva in cerchi sempre più ampi. Chiesi aiuto con tutto il fiato che avevo in gola, ma niente, nessuno poteva aiutarmi. E poi morì. Per un secondo mi guardò con occhi carichi di dolore, e un secondo dopo non c'era più.

"Lo portiamo con noi," disse Masood. "Sollevalo, forza! Rozbeh, *dadash*, fratello, resta con noi. Resta con noi, Rozbeh!"

Masood cercò di rimetterlo in piedi, se lo caricò sulle spalle. Ma la folla avanzava, premeva, non c'era verso di mantenere l'equilibrio. Masood cadde col cadavere di Rozbeh sulla schiena. Restarono lì a terra, fra tutti quei piedi che correvano ovunque.

"Rozbeh è morto, Masood. Mi hai sentito? È morto."

Lui scosse la testa. Continuava a premere sulla ferita. Continuava a parlare, a cercare di rassicurare quel corpo senza vita. Alla fine se lo strinse al petto. Rimase seduto lì, in mezzo all'inferno, abbracciato a Rozbeh, a urlare il suo nome.

Fu solo allora che mi accorsi che Noora non era con noi. Che le avevo lasciato la mano. La folla ci accerchiava soffocante, sulle nostre teste il fumo degli spari. Noora non c'era più. Cominciai a urlare anch'io.

Urlavamo quei due nomi. Rozbeh. Noora. Nomi che per noi erano persone. Le nostre persone. La nostra famiglia. Nessuno sentiva le nostre voci, ma noi restammo lì a urlare quei nomi, mentre la folla correva, ci calpestava, e il fragore degli spari sovrastava le urla.

Un minuto. Durò non più di un minuto. Ma sembrò un'eternità. Sembrò tutta la vita.

Ci volle del tempo prima che Masood riuscisse a sentirmi. E a capire che l'avevamo persa. Ma poi mi guardò e si alzò da terra. Lasciammo Rozbeh in mezzo alla calca e agli spari. Non sapevamo che direzione prendere, dove potesse essere. A un certo punto ci mettemmo a correre e basta. L'uno dietro l'altra, urlando il nome di Noora. Correvamo a perdifiato, io convinta che Masood fosse sempre dietro di me. Convinta di sentire la sua voce. Di avvertire la presenza del suo corpo vicino al mio. Così svoltai in un vicolo, sicura che mi avesse seguito, e che perciò i passi che sentivo alle mie spalle fossero i suoi. Sicura che ci fossimo messi al riparo. Che potessimo parlare di cosa fare. Di come ritrovare Noora. Ma quando mi voltai, davanti a me c'era un altro uomo. Un uomo vestito di nero con un bastone in mano. Eravamo faccia a faccia. Poteva avere la mia età, non credo di più. Due ragazzini l'uno di fronte all'altra, occhi negli occhi. E allora capii che lui era uno di loro: uno di quelli che avevano ammazzato Rozbeh. Mille pensieri mi rimbalzavano come palline da ping pong. Dovevo prenderlo a calci, correre, arrampicarmi, fare tutto quel che potevo per sfuggirgli? O dovevo sorridere e fare la parte dell'innocente? Dirgli che stavo tornando a casa, che ero finita in mezzo a quel casino senza volerlo? Che mia madre si sarebbe preoccupata se non fossi tornata al più presto?

Sulla sua faccia, però, apparve un ghigno che mi fece paura. Mi resi conto che in quel vicolo c'eravamo solo noi due, che avrebbe potuto fare di me quel che voleva. Che nessuno mi avrebbe protetta. Fui come sopraffatta. Da una paura mortale. La paura di essere violentata. Sarebbe stato peggio che morire. Dovevo liberarmi di lui, fu tutto ciò che riuscii a pensare. Liberarmi di lui e tornare sulla strada principale. Non volevo restare inchiodata in quel vicolo, fuori dalla vista di chiunque, impaurita, umiliata. Strinsi i pugni e piegai leggermente le ginocchia. Sentii un urlo salirmi dalle viscere, poi lo attaccai. Come quando, nei film di Bruce Lee, un personaggio salta addosso al suo avversario. Non so come sia stato possibile, ma di colpo mi ritrovai in strada, di nuovo inghiottita dalla folla. Cercai di tirarmene fuori, zigzagando, ma c'era troppo fumo e non riuscivo a vedere. E poi c'era tanta di quella gente e io mi sentii improvvisamente stanchissima. Ma lui mi riacciuffò. Mi prese alle spalle. Mi misi a urlare! A urlare il nome di Noora, di Masood.

"Devo ritrovare mia sorella, ti prego, ti prego! È solo una bambina."

L'uomo vestito di nero sollevò la mano e mi colpì in pieno viso. Dolore. Che mi colse di sorpresa. Non ero preparata, me lo ricordo bene. Neanche allo sparo che aveva squarciato il petto di Rozbeh. Persi ogni voglia di lottare, così non dissi più niente. Era chiaro che mi avrebbero arrestata. E torturata, e ammazzata, se avessero voluto. Purché non mi violentassero. Bastava che non mi violentassero. Meglio la morte. Sarebbe stato come se mi iniettassero il male dentro, costringendomi a conviverci per tutta la vita. A portarlo per sempre con me.

Mi trascinò per terra. La ghiaia mi graffiava la schiena. Chiusi gli occhi. Non volevo vedere. Non volevo pensare. Lo avrei seguito di mia spontanea volontà, se me ne avesse dato l'occasione. Ma il suo scopo era appunto quello. Costringermi. Mi sollevò per la vita e mi cacciò a forza nel retro di un camion che era lì in attesa. Dentro era buio pesto. Corpi dappertutto. Urlavano, battevano i pugni. Continuai a tenere gli occhi chiusi. Finché le porte non si riaprirono e loro cominciarono a buttarci fuori dal camion. Alle mie spalle sentii un ragazzo urlare con voce stridula:

"Ci faranno fuori, ci spareranno! Compagni, intoniamo il nostro canto di lotta, forza compagni!".

Mi voltai, pregandolo, con un cenno, di fare silenzio. Ma lui si limitò a sorridermi. Come se quel che stava accadendo fosse nell'ordine delle cose. Gli uomini vestiti di nero mi spostarono di lato con uno spintone e presero il ragazzo. Noialtri riuscimmo solo a guardare la scena, impietriti. Lo sbatterono a terra e lo trascinarono contro il muro di una casa. Una donna più anziana mi prese per un braccio, piantandomi le unghie nella pelle. Chiusi di nuovo gli occhi. Lo sentimmo. Noi tutti lo sentimmo intonare il suo canto di libertà. Poi il sibilo di un colpo esploso fendette l'aria, e tutto tacque. Fu il silenzio più assordante che avessi mai sentito.

Quel giorno ne catturarono tanti. A rifletterci, a voler davvero concedersi di farlo, è quasi irreale. Tutti quei corpi. Me ne ricordai quando Göran Persson parlò di montagna di carne. Ne aveva mai vista una in vita sua, lui? Una vera montagna umana. Ma non perché i nostri corpi fossero ammucchiati l'uno sull'altro, sfiniti oppure ormai senza vita. O almeno, non nella mia cella, benché sapessi dell'esistenza di una montagna di cadaveri nelle vicinanze. No, eravamo solo una massa di persone stipate tra fiumi di liquidi corporei. Sangue, sudore, lacrime, urina. A fatica, attraversai quel groviglio umano fino in fondo, cercando Noora. Fa' che sia prigioniera qui, pregavo. Ma non la vidi. Non è qui. Chiaro che non c'è. È a casa con la mamma. Dev'essere per forza così. Mi accovacciai in un angolo. Mi sembrava più sicuro starmene addossata alla parete, lontana dalla vista delle guardie. Rimasi seduta lì a lungo. Un poco alla volta la stanza si svuotò, un corpo dopo l'altro. Seguivo ogni persona con lo sguardo. Sparivano e non tornavano più. Nessuno di loro. Mi sforzavo di non pensare dove li portassero.

Fui una delle ultime a essere condotta fuori. Due uomini vestiti di nero mi presero per le braccia. Emanavano un odore terribile. Sudore acido. Io che non facevo altro che urlare e sbraitare, proprio io, me ne restai zitta. Zitta e con gli occhi puntati sulle loro mani. Le loro mani. Grosse, callose. Coperte di lividi e piccole ferite. Mani che avevano dato migliaia di frustate. Che avevano spento mozziconi di sigarette sulla carne viva, che si erano strette intorno a gole rantolanti.

Mi fecero entrare in uno stanzino per gli interrogatori e mi lasciarono lì. Era completamente buio, se non per la luce che arrivava da una lampada a olio su uno sgangherato tavolo di metallo. Dietro al tavolo c'era un seggiolino pieghevole. Non sapevo cosa fare. Forse avrei dovuto sedermi. Invece indietreggiai e mi appoggiai al muro, con le braccia strette intorno al corpo. Un corpo che tremava dalla testa ai piedi.

Se solo avessi avuto una pillola di cianuro! Ne avevamo parlato, io e Masood. Avremmo preferito farla finita ingoiando cianuro piuttosto che morire torturati e uccisi da loro. In realtà non pensavamo che sarebbe successo sul serio. Non così presto, almeno. Mi era sembrata una scelta così coraggiosa. Togliersi la vita invece che farsela togliere da altri. Ma in quello stanzino capii che era esattamente il contrario. Era il mio terrore folle a farmi desiderare di morire.

A un certo punto si presentò un tizio magro, in abito grigio. Aveva una barba rada. Sotto la giacca indossava una camicia di piqué giallastra, sporca. Entrò prima da solo, con un fascio di fogli fra le braccia, ma quando mi vide cacciò un urlo in corridoio, e altri due uomini vestiti di nero entrarono nella stanza, accompagnandolo al tavolo. Il tizio magro si sedette, mentre i due nerovestiti rimasero in piedi alle sue spalle.

L'uomo magro cominciò a sparare una raffica di domande "a risposta chiusa". Sì o no. Ero musulmana? Pregavo con regolarità? Ero marxista? Appoggiavo la rivoluzione islamica?

"Non è questa la mia rivoluzione!" urlavo dentro di me. All'esterno, invece, annuivo a ogni domanda che riguardasse l'islam, e scuotevo la testa a ogni accenno al comunismo e alla lotta dei rossi. Senza esitare. Durante i nostri incontri ne avevamo parlato spesso. Non avremmo mai rinnegato i nostri ideali, anche a costo della vita. Ovvio. Qualsiasi altra reazione sarebbe stata un tradimento. Un tradimento a fini opportunistici. Ma io non difesi i nostri ideali. Avevo troppa paura di sostenere fino alla morte quello per cui credevo di dover lottare. Volevo vivere. Non volevo morire.

Ma poi cominciarono a volere informazioni.

"Chi ti ha detto di scendere in piazza?" mi chiese l'uomo magro, già con la penna sul foglio. Scriveva ogni parola che mi usciva di bocca.

"Nessuno," risposi. Perché era vero. Ero stata io, al contrario, a dire ad altri di scendere in piazza. Io ero una delle persone che volevano portare via, eliminare.

Mi chiesero con chi fossi, e lì ebbi un attimo di esitazione. Forse sarebbe stato utile dire qualcosa. Forse me la sarei cavata, se avessi detto qualcosa. Feci il nome di Rozbeh. Pensai che, tanto, non avrebbero potuto arrestarlo. E neppure ucciderlo. Lo avevano già fatto.

Dissi che per me era stata la prima volta. Che non sapevo di preciso cosa significasse partecipare a una manifestazione. Che Rozbeh era il mio fidanzato. Che mi aveva detto che avremmo fatto un giro veloce e poi saremmo andati al cinema. Che mi ero limitata a seguirlo. Incolpai lui di tutto, senza fare i nomi di altre persone. Dissi che non mi interessavo di politica. Che avevo solo seguito il mio fidanzato.

"Pensi di farlo ancora?" domandò l'uomo.

"Assolutamente no. Mai più."

Lui abbassò di nuovo lo sguardo sul foglio. Scriveva ogni parola con cura.

"*Agha*, io voglio solo sposarmi e crescere i miei figli. Vivere la mia vita. Per favore. Quello che è successo oggi non ha niente a che fare con me."

L'uomo borbottò qualcosa continuando a scrivere. Non osavo alzare lo sguardo sui nerovestiti. Lo tenevo fisso sull'uomo magro. Mi chiedevo a quale legge si sarebbe appellato per decidere che cosa fare di me.

Alla fine mi allungò una manciata di fogli sul tavolo.

"Firma."

Lo guardai in tralice per un momento, cercando di decifrare le sue intenzioni, poi mi chinai sui documenti e cominciai a leggere.

"Firma e basta!"

Era stato uno dei nerovestiti a dirmelo, urlando. Mi affrettai a prendere la penna. Riuscii a malapena a intravvedere le ultime righe, prima di scrivere il mio nome. C'era scritto che giuravo fedeltà alla rivoluzione islamica.

I nerovestiti mi presero di nuovo per le braccia e mi sbatterono fuori da una porta. Non quella da cui ero entrata. Sentii il cuore perdere un battito. Non mi hanno creduta, pensai. Mi avevano cacciata dall'altra porta. Mi alzai e percorsi barcollando il corridoio senza porte né finestre. Nessuno. In compenso sentivo urla strazianti. Colpi selvaggi. Mi bloccai. Ad ascoltare. Cercai di riconoscere la voce di Noora. Ma era impossibile tra quelle grida. Percorsi il corridoio fino in fondo, poi girai l'angolo e vidi un'altra porta. Più grande.

La fissai a lungo. Ne avevamo sentite a bizzeffe di storie, perché non avevo capito che erano vere? Che sarebbe potuto succedere anche a me? Mi accasciai a terra. Avvolsi le braccia attorno alle ginocchia. Cercai di respirare con calma. Nella mia testa, nitida, l'immagine di quel che poteva esserci oltre quella porta. Un cortile. Persone in fila. Occhi bendati. Uomini vestiti di nero con i fucili in mano. Corpi che cadevano a terra. Corpi trascinati via. Altre persone in fila. Ne avevo sentito parlare nei minimi dettagli. Ma c'erano state persone che, pur passando in quelle stanze, erano riuscite in qualche modo a cavarsela, a fuggire. Storie che non mi sarebbero mai arrivate all'orecchio se quelle persone non ce l'avessero fatta a scappare. Anch'io posso scappare!, pensai. Io sono una che può farcela. Allora mi rialzai, andai verso la porta e la aprii. Cauta. Cercai di guardare fuori, di avvistare qualcosa, di essere pronta.

Era buio pesto e faceva freddo. Era notte. Non sentendo rumori, mi avventurai all'esterno. La porta si richiuse con un tonfo alle mie spalle. Intorno a me, ora, solo buio e silenzio. Ero sola. Il mio primo impulso fu di tornare sui miei passi e riaprire la porta. Ma era sbarrata, così mi misi a correre. A correre, via, lontano, il più lontano possibile, senza avere la più pallida idea di dove mi trovassi e dove stessi andando. E poi nessuno mi aveva fermata. Mi avevano lasciata andare.

Attraversai un campo aperto prima di sbucare sulla statale. Per tutto il tragitto mi guardai alle spalle. Continuavo a pensare che doveva esserci stato un errore. Che prima o poi mi avrebbero raggiunta. Ma non successe.

Verso l'alba passò un camion. Alzai le mani chiedendo aiuto. Non ero sicura che fosse la cosa giusta da fare, ma avevo paura di non farcela a uscire da quella situazione. Io che avevo pensato di poter sfuggire alla fucilazione, non riuscivo ad affrontare nemmeno il freddo e il vuoto intorno a me.

Il camion mi lasciò proprio in centro città. Nella stessa piazza dove ero stata separata da Masood, Noora e Rozbeh. Non so se fosse successo il giorno prima o se fosse passato più tempo.

Volevo che la piazza avesse lo stesso aspetto che aveva avuto prima che accadesse tutto quanto. Volevo che fosse ancora intatta, maestosa, con la statua dello scià al centro della rotatoria e i manifesti di John Wayne sui muri esterni del cinema. Volevo cancellare la rivoluzione e riportare indietro le lancette dell'orologio alla dittatura precedente, alla vecchia merda. O almeno a un punto nel tempo in cui potessi ancora decidere di stare fuori da tutto.

Non appena saltai giù dal camion, e solo allora, mi ricordai che mi avevano sequestrato la borsa. Non avevo un centesimo con me. Ricominciai a camminare.

Percorsi interminabili chilometri. Mentre camminavo, pensavo che c'era poco da scherzare con la lotta. Non è facile lottare. C'è poco da scherzare con la lotta. Un pensiero ininterrotto. Non è facile lottare.

Per tutto il tragitto continuai a ripetermi: Noora è a casa. È sveglia. Giovane. In gamba. Dev'essersela filata in tempo. Sì, se l'è filata a casa, da mamma.

Annuii.

Sì, sì. Ora staranno sedute in cucina. A bere il tè, mentre mamma le starà dicendo: Sarà meglio per Nahid che torni a casa al più presto. Noora si farà una risata e le risponderà: Ma certo che torna, mamma! Sì, è così. Intanto Masood sarà uscito a comprare il pane. E quando mi presenterò alla porta, mi guarderanno tutti e tre, mi faranno una scenata, poi rideranno di me e mi abbracceranno. E a quel punto sarà finita, sarà tutto finito, non sarà successo niente. Non sarà successo niente.

Quando girai l'angolo della nostra via, la prima persona che vidi fu mia madre. Stava seduta su uno sgabello davanti alla porta. Si dondolava avanti e indietro con le mani posate sulle gambe. Notai che qualcuno aveva lasciato una caraffa di tè ai suoi piedi. Mi accorsi che non aveva neppure sfiorato il bicchiere. Mi vergognai così tanto nel vederla in quello stato che ebbi voglia di scappare.

Quando fui più vicina, vidi che la mamma aveva gli occhi chiusi e le labbra che si muovevano. Stava mormorando una poesia di Hafez. Come si mormora una preghiera. Le posai la mano sulla spalla. Lei aprì gli occhi e mi guardò come se un fantasma avesse fatto irruzione nei suoi sogni. Mi fissò per parecchi secondi, poi si alzò di scatto. Con tale forza che lo sgabello travolse il bricco del tè e tutto andò in frantumi. Ma lei neanche se ne accorse. Mi si gettò ai piedi, circondandomi le gambe con le braccia. Urlava il mio nome con voce spezzata, come quei frammenti di vetro lì a terra. Mi inginocchiai a mia volta e ci tenemmo a lungo abbracciate. Lei gridava, io la ascoltavo. Avrei voluto gridare anch'io, ma era come se la parte di me che lo desiderava con forza fosse pietrificata.

"Mamma. Mamma," riuscii a dire infine. "Dov'è Noora?"

Quell'attimo. Se potessi, non importa come, cancellare quell'attimo dalla mia vita, dalla mia memoria, dalla mia retina. Lo sguardo sbigottito di mamma. Non capiva. Dava per scontato che fossi io a sapere dov'era Noora. Dava per scontato che Noora fosse al sicuro. Quella domanda negli occhi che si trasformava in terrore, terrore puro. E quel corpo che si accasciava accanto a me, per poi contrarsi. E urlare. Urlava un altro nome mia madre, il nome della sua piccolina. Avrei voluto sdraiarmi accanto a lei, stringermi a lei, trovare conforto nel suo corpo generoso. Ma temevo che sarebbe morta lì, davanti ai miei occhi. Che le sarebbe scoppiato il cuore. Non riusciva a respirare, boccheggiava. L'ho uccisa, pensai. Mi precipitai in casa per chiamare l'ambulanza. I paramedici sollevarono mia madre di peso e la misero su una barella. Poi la portarono via, con Mahvash e Gita al seguito. Le mie sorelle non mi degnarono di uno sguardo, non ce la facevano.

Rimasta sola, entrai di nuovo in casa, in ogni stanza e, per ultima, in quella che dividevamo io e Noora. Il suo letto era accuratamente rifatto. Il suo pigiama era ben piegato sul copriletto. Lo presi e uscii di nuovo. Mi sedetti sullo sgabello di mamma e affondai il naso nella stoffa soffice. Gattini. Sì, me lo ricordo. C'erano dei gattini sul suo pigiama.

Masood mi venne incontro nel buio. Era arrivato, finalmente. A piedi, come me. Sporco, i vestiti a brandelli. Coperto di sabbia e fango. Mi domandai se avessero rinchiuso anche lui nello stanzino per gli interrogatori, se avesse risposto alle stesse domande a cui avevo risposto io. Se avessero lasciato andare anche lui, se anche lui avesse respirato incredulo l'aria fredda della notte, prima di incamminarsi. Ma sapevo che non era andata così. Masood non avrebbe mai detto quello che volevano sentire. Non avrebbe mai fatto intendere di accettare l'islam, e non avrebbe mai rinnegato il marxismo. Non avrebbe mai scaricato le sue responsabilità su altri.

Era uno di quelli che i nerovestiti avrebbero cacciato da una delle altre porte. A cui non avrebbero permesso di correre a perdifiato nel buio. In quel buio che ti accusava di alto tradimento.

Ero seduta sullo sgabello quando arrivò. Ancora seduta. A fissare il vuoto. Era come se avessi trattenuto il respiro fino a quel momento, per lasciarlo andare libero solo alla sua vista. Respirai profondamente e poi cacciai un urlo selvaggio, insopprimibile. Masood mi raggiunse correndo e appoggiò la testa sulle mie ginocchia. Piangemmo insieme, credo che sia stata l'unica volta. Avremmo dovuto farlo più spesso, molte altre volte ancora. Sono convinta che se lo avessimo fatto, se avessimo pianto insieme invece di permettere al dolore di farsi barriera tra noi, la nostra vita non sarebbe andata come è andata. Non ci saremmo sentiti così soli. Lui non sarebbe morto. E io non starei per morire.

"Sono passato da casa di Rozbeh," disse. "Volevo dirlo di persona ai suoi genitori. Ma la porta era sfondata e ho visto che nel giardino c'erano le guardie. Non capisco. Come hanno fatto a identificarlo? Perché se la sono presa con i suoi genitori? Hanno arrestato due innocenti, due persone che hanno appena perso un figlio."

Mi sentii gelare dalla testa ai piedi. Ero ancora seduta sullo sgabello. E decisi all'istante che non avrei mai detto niente a nessuno. Non avrei mai raccontato dell'interrogatorio, di tutte quelle domande. Non avrei mai raccontato che avevo tradito Rozbeh, dando il suo nome ai nerovestiti. Non lo avrei detto ai suoi poveri genitori. A mia madre. Alle loro anime tormentate.

"Noora è sparita," dissi invece a Masood.

Nel sentire le mie parole, accadde qualcosa nei suoi occhi. In quegli occhi scuri, disperati, pieni d'amore. Fu come se il suo sguardo fosse diventato di ghiaccio, prima di svuotarsi della più piccola luce di speranza. Di bellezza.

"No, no... tornerà a casa, vedrai."

Poi si sciolse dal mio abbraccio, si alzò e si allontanò.

"Tornerà, Nahid. Tornerà, vedrai."

Entrò in casa, a capo chino, e curvo come un vecchio.

Rimasi seduta. Mi domandai come avremmo potuto perdonare noi stessi. Come ci saremmo potuti perdonare l'un l'altra. Per esserci portati dietro Noora. Per averle permesso di convincerci. Per essere stati contenti di averla con noi.

Quello che non sapevo, quello che non avevo capito, era che morimmo anche noi, quel giorno. Avevamo vent'anni e la nostra vita, in qualche modo, era già finita. Le cose che accaddero dopo non furono che goffi tentativi di sostituire ciò che avevamo perso in quel luogo, in quel momento. La nostra bambina. La fuga. Tutti i miei turni, le mie ore al lavoro. Tutto.

Saremmo dovuti morire quella notte. Tutti gli anni che seguirono furono soltanto in prestito.

Quando si decide di partire, non lo si fa perché ci si è arresi. Si parte per voltare pagina, per agire. Per costruire qualcosa. Per alzare il dito medio contro tutto lo schifo da cui si è stati travolti.

La gente mi guarda spesso come una vittima. Si aspettano che io sia fragile, sottomessa. In quanto profuga. Non capisco il loro modo di pensare. Non si rendono conto che se sono qui è perché sono forte? Che ci vuole una forza immensa per non cedere, per rifiutarsi di accettare la miseria e l'orrore? A volte mi domando se siano davvero convinti di essere loro, i forti. Se siano davvero convinti che la forza derivi dal non aver mai dovuto affrontare momenti difficili. Che la capacità di resistenza si costruisca in una vita senza scosse.

Sono orgogliosa della mia forza. Colpo dopo colpo. Mi sono rialzata ogni volta. Me la sono cavata ogni volta. È come la risposta del sistema immunitario: a ogni attacco diventa più resistente. È così! Proprio così.

Ma poi arriva il cancro e comincio a dubitare.

"Perché è successo proprio a me?" chiedo a Christina. Questo pensiero mi ronza senza sosta nella testa. "Che cosa ho fatto per meritarmelo?"

Lei posa la mano sulla mia e si china in avanti.

"È solo un caso, Nahid. Un puro e semplice caso."

Una risposta che colpisce come un pugno. Solo un caso. Una banalità. Una provocazione. Io che ho lottato per poter stare bene. Io che ho preso tante decisioni. Che ho fatto tanti sacrifici.

Solo un caso.

Poi capisco che è stato il caso a strapparci Noora. A decidere che fossi io a sopravvivere. Lo stesso caso che ha fatto sì che passassero settimane prima che mia madre tornasse a parlarmi. Che mi trasformassi dall'orgoglio della mia famiglia nella sua maledizione.

E se la vita non avesse niente a che fare con la forza o la debolezza? Se fosse solo il caso a decidere? Se fossi solo una donna che ha molta sfortuna? Forse è tutto quello che ho. Allora avrei preferito essere una debole. Debole, ma almeno con la fortuna dalla mia parte.

È la vigilia della Festa di mezza estate. Il sole splende. Succede di rado, perciò sono tutti contenti. Guardo dalla finestra. Sul prato fervono i preparativi. Donne in abiti a fiori. Bambini vestiti di bianco a intrecciare ghirlande e a decorare il palo. Sono solo le dieci del mattino, in realtà la festa non è neppure iniziata. Sono tutti entusiasti, già sul posto per sistemare ogni cosa per bene. Li osservo dalla mia postazione, il mento appoggiato sulla mano. La tazza di tè rosso scuro accanto al gomito. Sento un impulso irresistibile. Prendere la tazza e rovesciarne il contenuto sulle teste degli entusiasti. Non che voglia davvero farlo. Me lo sto solo immaginando e al solo pensiero fremo tutta. Forse sono solo pazza, forse il cancro che mi sono beccata è la cosa migliore per me e per il mondo intero.

Il cellulare vibra. "Stiamo arrivando, scendi?" Sono Aram e Johan. Si ostinano a volere che vada con loro. Per me è indifferente. Io sarei rimasta volentieri sul divano a guardare la tv. Invece no. Ho estratto anch'io il mio abito a fiori dall'armadio. Mi vesto e mi metto davanti allo specchio. Difficile abituarsi a quel che vedo riflesso. Senza capelli, senza sopracciglia. È come vedersi senza pelle. Sbiadite. Come se stessi per scomparire. Allora prendo un foulard viola intenso. Poi disegno le sopracciglia con la matita, calcando la mano. Fin troppo, lo vedo da me. Ma vado avanti. Riempio i contorni. Stendo il rossetto sulle labbra. Si sbava all'istante. Passo un dito sul mento per cancellare le sbavature, ma è come se fossero incise nella pelle. Lascio tutto com'è. Meglio essere troppo appariscente che invisibile. Smettere di esistere.

Scendo in ascensore, la borsa al braccio. Mi accorgo che nonostante tutto mi piace. La sensazione di essere in movimento. In cammino. La sensazione che non tutto sia finito. Non del tutto.

Quando apro la portiera della macchina, Aram si volta verso di me con lo sguardo carico di aspettative. Poi mi saluta. Non mi sfugge la sua reazione nel vedere la mia faccia. La sto mettendo a disagio. Non dice niente, così è Johan a rivolgermi la parola al posto di mia figlia.

"Bella giornata, vero?"

Annuisco.

"Direi sì. Chissà quante altre volte lo sentiremo dire oggi."

Lui abbozza un sorriso, io vorrei chiedergli di piantarla. Dirgli che non può sostituire mia figlia. Che è di lei che ho bisogno.

"Come ti senti mamma?" mi chiede finalmente Aram con voce tesa.

Sospiro. Mi domando perché mi abbia chiesto di accompagnarla se non mi sopporta. Perché mi stia guardando come se fossi un mostro. Perché non riesca a farmi contenta. A cercare di farmi contenta.

"Sono qui," rispondo. "È già qualcosa."

Distolgono lo sguardo, poi la macchina comincia a muoversi. Vedo Johan allungare la mano e stringere quella di Aram. Sento una fitta di dispiacere. Perché si sente in dovere di proteggerla, consolarla. Perché non c'è nessuno accanto a me a fare la stessa cosa, a stringermi la mano. Sono io ad aver bisogno di questo.

Sediamo in silenzio. Aram mette musica persiana. Googoosh, una delle nostre cantanti più amate e famose. Percorriamo lo stesso tragitto di tante altre volte. Lungo l'autostrada che si snoda fra i boschi, attraversa i ponti, costeggia il mare. Il mio cuore freme ogni volta di emozione. Quando passiamo sopra agli isolotti coperti di ciottoli, alle casette colorate, alle barche, all'acqua limpida, luccicante, pulita. Che posto splendido. Ci vivo da trent'anni, eppure non mi abituerò mai a tanta bellezza. Che posto splendido. Eppure non ho bei ricordi legati a tutto questo. Com'è possibile?

Quando Aram era piccola, facevamo la stessa cosa. Ci infilavamo in macchina, mettevamo la musica a tutto volume e via! Alla volta di Djurö, o per una puntatina alla chiesa di Värmdö o dirette semplicemente a Norra Lagnö. Col piede che spingeva un po' troppo sull'acceleratore. E la musica un po' troppo alta. Lasciavo andare il volante e mi accendevo una sigaretta. Una dopo l'altra. Ora mi rendo conto che non fosse proprio il massimo. Ma all'epoca non la pensavo così. Nemmeno quando Aram era in macchina con me. Diventavo irrequieta. Mi sentivo prigioniera. Proprio così. Mi sentivo prigioniera nella mia casa. Nella mia testa. E ora, nel mio corpo malato.

"Saber è morto," disse Masood un pomeriggio.

Non lo avevo sentito rientrare. Stava sulla soglia della porta. Dritto, rigido, quasi sull'attenti.

Io ero seduta sul tappeto, con Aram in grembo. Aveva tredici mesi e nella minuscola stanza che avevamo affittato non c'era abbastanza spazio vitale. Uno scantinato senza finestre. Una creatura così piccola non poteva adattarsi a vivere in un buco del genere. Non faceva che piangere, tutto il giorno. Eravamo rimaste inchiodate nello stesso posto e lei aveva pianto tutto il maledetto giorno. Quando arrivò Masood, avevo la testa come avvolta nella nebbia. Probabilmente avevo pianto anch'io, perché dovetti sbattere le palpebre più volte prima di riuscire a metterlo a fuoco. Gli chiesi di ripetere quel che aveva detto. Pensò che non avessi sentito bene, che le sue parole si fossero scontrate contro le urla disperate di Aram, trasformandosi in qualcos'altro nelle mie orecchie.

"Ma ci fai o ci sei?" urlò. "Come te lo devo dire? È morto! Morto. Morto. Morto. Morto."

Aram strillò ancora più forte. Le sue manine si muovevano a vuoto nell'aria, come se cercasse di afferrare qualcosa. Di aggrapparsi a qualcosa. La sollevai contro il petto e cercai di calmarla. Provando nello stesso tempo a formulare un pensiero chiaro, un pensiero che non fosse l'espressione di un vuoto.

"Perché te ne stai seduta lì?" continuò a sbraitare Masood.

Reagii urlando a mia volta.

"Che cosa dovrei fare, Masood? Cos'altro ancora dobbiamo fare? È finita, è tutto finito, non è rimasto più niente."

Venne verso di me e prese Aram in braccio. Lei piangeva a dirotto. Piangeva e urlava da spezzarmi il cuore. Sembrava che non riuscisse a respirare, mentre gli occhi di Masood erano scuri, più scuri di quanto li avessi mai visti. Non volevo che tenesse in braccio la mia bambina.

"Masood, ridammela!"

Stavo per alzarmi, ma uno scossone fortissimo mi fece ripiombare a terra di schiena. In un primo momento pensai a un terremoto. E subito dopo ad Aram. Al fatto che stavamo in uno scantinato. Che ci sarebbe crollato tutto addosso. Poi arrivò un altro scossone e mi resi conto che il terremoto non c'entrava niente, che era stato lui a colpirmi. In piedi sopra di me, con Aram in braccio, mi stava prendendo a calci con le sue scarpe sudicie. Sulla pancia, sul petto, perfino sul viso. Sollevai le braccia a mo' di scudo, mentre lui tirava calci, un calcio dopo l'altro. Sentivo spezzarsi le delicate ossa del dorso delle mani. Sentivo le urla acutissime di Aram, la mia bambina disperata e senza scampo già a tredici mesi. Sentivo Masood ansimare.

E a un tratto mi bloccai. Mi sdraiai. Non c'erano finestre nella stanza, né un telefono, e non potevo muovermi. Rimasi lì, paralizzata, gli occhi fissi sui disegni del tappeto. Era intessuto a mano, il tappeto. Il nostro bene più prezioso. Ce lo trascinavamo appresso a ogni trasloco. Masood se lo portava in spalla. Non so perché ritenessimo così importante portarcelo dietro. Perché proprio quel tappeto.

Intessuto a mano, rosso e blu, con disegni simili a piccoli gorghi in cui annegare. Blu come il mare oltre il finestrino della macchina, circondato da casette rosse e isolotti, che formavano piccoli gorghi in cui annegare. Che posto splendido. Perché non ho bei ricordi?

Mia figlia è tutto ciò che conta nella vita. Non so se dipenda dal fatto che non ho molto altro. In ogni caso è così: Aram è tutto quel che ho. La amo. Con tutto il cuore. Chi non ama la propria figlia? Lei è importante per me. Desidero che tutto le vada per il meglio. Che sia in salute e felice. Desidero vederla spesso. Desidero tutto questo. Ma non mi piace essere madre. Non mi è mai piaciuto.

Quando ripenso al parto mi viene in mente una sola parola: rimorso. Rimorso per essermi cacciata in quella situazione, per aver permesso al mio corpo di fare quella fine. E il dolore, poi. Perché sopportare un dolore così atroce? Non bisognerebbe mai accettarlo, un dolore come quello. Qualcuno arrivò a dirmi che avrei dovuto esserne felice. Felice di aver portato nella pancia un magnifico bebè, forte e sano, giunto senza problemi al termine della gravidanza. Avevo fatto un buon lavoro, insomma, ero stata incinta nel modo giusto. Ora dovevo solo espellerlo, il bebè, quel prodotto del mio corpo, del mio essere donna nel modo giusto. Quell'enorme massa. Nella mia testa vedevo qualcuno che non voleva venir fuori. Che si aggrappava a me con le unghie, che scalciava con le sue gambette, che si opponeva con tutta la forza delle sue braccine. Qualcuno già deluso da me. Perché lo stavo disturbando, costringendolo a uscire dal guscio. In cambio di un posto in questo mondo. Pensai che quel qualcuno nutrisse già un odio profondo nei miei confronti.

Fu un'umiliazione. Tutti quei liquidi. Quelle assurde posizioni che il mio corpo era costretto ad assumere. Mi misero sul letto, poi mi dissero di premere le mani contro il muro e spingere. "Spingi, spingi!" Un'infermiera cacciò un urlo, quando la vide spuntare. "Guarda, guarda in basso." Non ce la facevo. Tenevo la guancia premuta contro la fredda parete dell'ospedale, le lacrime che mi colavano sul petto ansimante, e urlavo, urlavo e tremavo tutta. Ed ero pentita. Dio, quant'ero pentita.

Quando me la posero sul petto, me ne innamorai all'istante. Sul serio. La amai dal primo momento. Sentivo che avrei dato la vita per lei. Sentivo che avrei dato la vita per lei, e che questo non sarebbe mai cambiato. Non avrei mai potuto ritrattare. Adesso io ero lei. Adesso il mio corpo esisteva per lei. La cosa mi atterriva. Sarebbe stato un tormento senza fine. Mi avrebbe seguito per tutta la vita.

Non è possibile parlare di sentimenti del genere con gli altri. Né come donna, né come madre. Io amo mia figlia ma detesto essere mamma. Dal primo istante. A volte odio mia figlia per avermi cacciata in questa situazione.

Non appena ho avuto la diagnosi, per prima cosa ho pensato di telefonarle. Di interromperla mentre sbrigava le sue faccende. Di piangere, gridare. Di gridare: "Aiutami! Salvami!". Era tutto quel che volevo, ma non l'ho fatto. Sono orgogliosa di me per questo. Ho deciso di proteggerla, sia pure solo per qualche ora.

L'ho fatto tante altre volte nella mia vita. Sollevare il ricevitore per implorarla di salvarmi. Tempestare di pugni la porta della sua camera da letto, urlando "Aiuto, aiutami!". L'ho fatto più volte con la creatura che sarebbe mio dovere proteggere, aiutare, salvare. Lei era con me la prima volta che Masood mi ha picchiata, e tutte le altre volte dopo. Così è stato. Nessuno di noi due ha cercato di proteggerla, di nascondere ai suoi occhi il nostro fallimento, il nostro immenso dolore. Al contrario.

Una volta Aram era a un pigiama party a casa di Malin, una sua compagna della squadra di calcio. Aveva già la sua vita, nonostante avesse solo dieci anni. Il suo mondo. Aveva comprato patatine e caramelle, tutto da sola. Io la accompagnai e la lasciai sulla porta. Sbirciai in casa per accertarmi che i genitori di Malin fossero presenti.

"Non c'è bisogno che entri, mamma," mi disse.

Ma io la spinsi leggermente di lato ed entrai. Davanti alla

televisione erano stati sistemati dei materassini, e in cucina facevano bella mostra di sé i tacos sulla tavola apparecchiata. Qualcuno ci aveva pensato, qualcuno aveva pensato a prendersi cura di lei. Lo stomaco mi si strinse in una morsa.

"Non ti azzardare a uscire dopo le otto di sera, intesi? Non mi importa di cosa fanno le altre, se escono o che so io. Tu non lo devi fare!"

Aram annuì, lo sguardo lontano. Voleva liberarsi di me. Voleva entrare in quell'altro mondo, il suo mondo.

"Guarda che telefono per controllare!"

Lei annuì ancora. Sarebbe uscita. Lo sapevo. Avrebbe fatto quel che le andava di fare. Come avevo fatto io.

Dopodiché mi avviai verso casa, nella tiepida sera estiva. L'estate svedese. La amo. Verde e caldo fra le case a schiera. Si sentiva il profumo del laghetto del bosco. Umido, caldo, verde. Camminavo lentamente. Non avevo nessuna fretta di tornare a casa. Proprio nessuna. C'era lui. Quella sera non lavorava. Neanch'io. E Aram aveva scelto proprio quella sera per dormire fuori casa. Per lasciarci soli. Attraversai il parco giochi deserto, mi sedetti su una delle altalene e mi diedi una spinta. Bella forte. Credo di essere rimasta a lungo seduta lì. A dondolare avanti e indietro, sempre più in alto, per poi riposare un po'. E a guardarmi intorno. Era un lusso per noi abitare in quel quartiere. Non che non ce lo meritassimo, beninteso. Avevamo lavorato sodo per arrivare fin lì. Ma era un lusso soprattutto in confronto a come avevamo iniziato.

Non dimenticherò mai la sera in cui ci fu assegnato il nostro primo appartamento sulla collina di Nelson. Eravamo arrivati direttamente dal campo profughi. Pronti a iniziare la nostra nuova vita. Ma quel quartiere... non aveva niente a che fare con ciò che avevamo visto in Svezia fino ad allora. Sembrava un luogo assolutamente ai margini. Al confine fra la Svezia e non so neppure io cosa. Il vuoto forse. Ma non in senso magico, fiabesco. I campi profughi erano formati da piccole, deliziose casette nel bosco. La nostra avevamo dovuto dividerla con un'altra famiglia, ma non importava. Era bello ugualmente. Ma questo. Questo posto era asfalto e cemento armato, e lamiere e lunghe file di luride ringhiere verdi, su cui si affacciavano le porte dei tanti miniappartamenti. Faceva schifo. Puzzava di urina. Fra un caseggiato e l'altro ciondolavano uomini ubriachi. Dagli appartamenti si sentiva gridare.

Che cosa potevamo fare? Qui c'erano pace, democrazia e l'agognata libertà. Ma era anche terribile. La collina di Nelson. Essere finiti in quell'inferno ci diede l'esatta misura della nostra posizione sociale. In fondo alla scala. Lì stavamo noi, i rifugiati politici. Poi c'erano gli alcolisti, le mamme single e tutti quelli che avevano avuto la fortuna di vivere in pace e in democrazia per tutta la vita, senza per questo aver fatto chissà quali progressi. Non volevamo stare lì. Non oltre lo stretto necessario. Così ci gettammo a capofitto nel lavoro. Lavoravamo senza risparmiarci. Non facevamo altro che lavorare. Lavorare, guadagnare e mettere soldi da parte. Con addosso sempre gli stessi abiti, vecchi e sformati. Facendo economia anche sul cibo. Poi, finalmente, acquistammo una casa a schiera. E ci trasferimmo in un regno di pace e tranquillità.

Ci proviamo, a costruire qualcosa di bello. Meglio questo che il contrario, del resto. E pensiamo anche che sia possibile, che sia in nostro potere dare una forma concreta alla bellezza. Ma non è così. Ciò che abbiamo creato non è bello come avrebbe potuto essere. Come ce l'eravamo immaginato, come avevamo sperato che fosse. Non lo so. Sto ancora cercando di capire. Pensiamo che, se ce l'abbiamo fatta a scampare alla guerra e a trovare un modo per vivere in pace, dovremmo essere molto più felici. Che se abbiamo vissuto in uno scantinato con un lattante, sotto una pioggia di bombe, e ora siamo circondati da un giardino lussureggiante e dal cielo azzurro, dovremmo essere più felici. Che se non dobbiamo passare la vita fra alcolisti e sirene della polizia, saremo più felici. Ma non funziona così, e io non so perché.

Alla fine tornai a casa. Aprii la porta con cautela. Diedi una sbirciata all'orologio sulla parete e mi resi conto che ero stata via a lungo. Troppo a lungo. L'appartamento era immerso nel silenzio, un silenzio di cattivo auspicio. Mi ero aspettata quantomeno il ronzio di una partita di calcio alla tv. Invece niente. Nessun rumore. Nessun movimento. Mi diressi verso il bagno. Pensavo di farmi una doccia, giusto per ammazzare il tempo. E poi arrivò lui.

"Vieni qua!"

La voce di Masood era inflessibile. Ubbidii. Era seduto sul divano del soggiorno. Lo sguardo perso nel vuoto.

"Dove sei stata?" domandò.

"Ho accompagnato Aram dalla sua amica, no?"

"Certo, due ore fa! E poi che hai fatto?"

"Ho fatto una passeggiata nei dintorni. È una bella serata."

"Tu non hai fatto nessuna passeggiata!" Ora si era alzato. "Con chi sei stata? Avanti, parla!"

Mi domando se avrei potuto agire diversamente, in quei pochi istanti. Se avessi detto un'altra cosa, sarebbe finita lì? Se gli avessi appoggiato la mano sul braccio dicendogli: "Tesoro, scusami. Sarei dovuta arrivare prima. Ho sbagliato". Se gli avessi detto qualcosa del genere, se gli avessi teso le braccia per dargli un bacio, avrebbe fatto forse la differenza? Sarebbe forse stato tutto diverso, tutta la nostra vita? Se avessi reagito così forse lui non sarebbe morto. E io non starei per morire. Forse. Ne sarebbe valsa la pena? Sacrificare il mio orgoglio? Non ne sono sicura.

"Che te ne importa? Io vedo chi voglio, quando voglio!"

Fu così che risposi, invece. Masood alzò la mano sulla mia testa. Lanciai un urlo, aspettandomi che Aram sarebbe corsa in mio aiuto. Ma non arrivò. Non c'era.

Quando un uomo picchia una donna, può farlo in molti modi. Se non lo si è provato sulla propria pelle, si tende a pensare che tutto si limiti a qualche ceffone. A una spinta contro il muro. Ma lui fece molto di più. Era come se fosse divorato da una rabbia senza fondo, una rabbia che, una volta messa in moto, non si può più fermare. E quel rumore. Se solo fosse stato possibile registrare quel rumore. Raccogliere i liquidi. Gli odori. C'erano urla, non molte parole, il più delle volte. Solo urla. Soprattutto urla. E i miei singhiozzi. Le mie lacrime. E il respiro affannoso di Masood. Il suo sudore. E il tè che finiva sulla tappezzeria. Le sigarette fumate fra un accesso di rabbia e l'altro. E il rumore delle botte.

Il più delle volte cominciava così, con una mano alzata a colpire il viso. Di tanto in tanto qualche ceffone, ma più spesso un pugno serrato. Sulla mia bocca. Su una guancia. Sulla fronte. Sotto il mento. A seconda dei casi. Il primo colpo andava immancabilmente a segno. Di solito bastava a stendermi. Il che avrebbe dovuto bastargli. Ma non funzionava così. Una volta finita a terra, lui cominciava a prendermi a calci. Sulle gambe, sulla pancia, sul petto, se ne aveva l'occasione. Io però mi raggomitolavo subito in posizione fetale. E a quel punto lui si accaniva sulla schiena. Non sulla testa, non che io ricordi almeno. Ma poteva succedere che svenissi, che uno dei primi colpi fosse così forte da mettermi fuori gioco. Credo che in quel caso lui si spaventasse. Di solito andava a prendere una caraffa di acqua fredda e me la versava addosso. E a quel punto finiva tutto. Se mi spegnevo subito, evitavo il peggio. La caccia. La caccia era la cosa peggiore. Essere inseguita dall'uomo che mi dormiva accanto la notte.

Quando Masood mi prendeva a calci, io cercavo di rimettermi in piedi e scappare. Ci riuscivo abbastanza spesso. D'altra parte lui non era un pugile professionista. Anzi, credo che non abbia preso a pugni molte altre persone oltre a me. Insomma, scalciava e menava le mani alla cieca. Quando iniziavo a correre, si lanciava al mio inseguimento. Una volta prese una mazza da bandy nell'ingresso e la usò per colpirmi. Un'altra mi raggiunse e mi mise le mani al collo, poi, spingendomi contro il bordo del letto, provò a strangolarmi. Quella volta pensai che sarei morta. Anche Aram. A sentire una cosa del genere ci si potrebbe chiedere: "Mio Dio, e la bambina? Dov'era?". Era lì! Proprio lì, in mezzo a noi.

Quando mi rincorse con la mazza da bandy, colpì lei per prima. Non lo fece apposta. Non se la prendeva mai con Aram, ma gli era d'intralcio. Lei capiva al volo quando sarebbe arrivato il primo colpo, perciò si metteva subito fra noi. Cadeva sul tappeto quando lui la spingeva da parte. E anche quel giorno, il giorno in cui credevo che mi avrebbe strozzata, lei c'era. Lo tirò per le braccia, cercando di staccarlo da me. "Smettila, smettila!" urlava. Ma non sortì alcun effetto, così corse via. La sentii correre, la sentii chiudersi la porta alle spalle. Sta andando a chiedere aiuto, pensai. Ma non accadde nulla. Tutto diventò nero. E al mio risveglio mi ritrovai a letto. Sola. Al buio. Nessun rumore. Cercai di schiarirmi la gola, di pronunciare qualche parola. Quando finalmente ci riuscii, fu il suo nome a uscirmi di bocca.

"Aram... Aram..." mormorai all'inizio. Ma poi l'angoscia ebbe il sopravvento e urlai.

"Araaaam! Araaaam!" urlai ancora. E ancora. E ancora.

Dopo un po' sentii qualcuno aprire la porta d'ingresso e poi quella della camera da letto. Poi vidi la sua testa fare capolino. I ricci ribelli. Gli occhi spalancati.

"Aiutami," dissi. Lei si avvicinò. Si gettò a terra. Con una mano afferrò la mia e con l'altra mi accarezzò i capelli.

"Perché mi hai lasciata?" fu tutto quello che le dissi. Non "Stai tranquilla, è tutto a posto"; non "Mi dispiace tanto".

Non dissi niente di tutto ciò che una madre dovrebbe dire. Ero solo arrabbiata. Arrabbiata con lei.

"Perché mi hai lasciata?"

Quella sera d'estate. La sera in cui Aram aveva trovato riparo al pigiama party, nell'idilliaco mondo che qualcun altro aveva costruito per lei. La sera in cui avevo camminato a lungo, senza fretta. E mi ero fermata nel parco giochi deserto, per un giro sull'altalena. E avevo osservato le casette a schiera con il loro piccolo giardino, tipiche di chi non possedeva né troppo né troppo poco. E trovato la mia casa avvolta nel silenzio, e lui che mi aspettava. La sera in cui avevo reagito ai suoi rimproveri e lui si era alzato per picchiarmi. Più tardi, quella sera, fu come se ci stesse sfuggendo qualcosa. Il nostro flusso era stato interrotto. Io lunga distesa a terra, lui in piedi sopra di me. Io che piangevo.

"Vado a prendere Aram," dissi. Lui acconsentì.

Non ricordo come si espresse a riguardo, sta di fatto che mi permise di alzarmi e uscire di casa. Salii in macchina e percorsi il breve tragitto che mi separava dal luogo dove si trovava mia figlia. Fu solo dopo aver suonato il campanello che vidi la mia immagine riflessa nel vetro della finestra. Per un secondo mi domandai che cosa stessi facendo. Il trucco disfatto, i capelli in disordine, la guancia rossa per gli schiaffi presi. Quando la porta si aprì, fui svelta a coprirla con la mano. A nascondere la mia faccia in fiamme. Avevo sperato che venisse ad aprire uno dei piccoli ospiti, ma ovviamente non fu così. Venne la padrona di casa, invece, la mamma.

"Oh... ciao," disse titubante.

"Sono venuta a prendere Aram."

Scosse la testa, come se spettasse a lei decidere.

"Ma no, perché? Si stanno divertendo da matti."

Deglutii con forza.

"Capisco, ma Aram deve tornare a casa."

Mi colpì il suo sguardo. Capii che non avrebbe voluto lasciarmi passare. Ma si rendeva conto che non aveva alcun diritto di opporsi.

"È successo qualcosa?" domandò infine.

Non risposi.

"Puoi andare a chiamarla?"

Lei mi guardò ancora, a lungo. Non so se mi stesse giudicando o se provasse solo pena per me. In ogni caso si allontanò dalla porta. Sentii il vociare allegro dei piccoli ospiti bloccarsi di colpo. Vidi cinque bambine venirmi incontro nell'ingresso. Guardarmi. Con lo stesso sguardo che mi aveva rivolto la mamma. Ma che ne sapevano, loro? Poi arrivò lei. Con le sue cose raccolte alla bell'e meglio e lo zainetto in mano. Non mi guardò. Non guardò neppure le sue amiche. Gettò solo un ciao nell'aria e uscì. Passandomi davanti.

Forse il dolore segue un percorso circolare. Forse ho causato dolore ad Aram per vendicare il mio.

Quando Aram era piccola, la mettevo in macchina e cominciavo a guidare. Credo siano i ricordi più belli che le abbia regalato, benché frutto soprattutto della mia angoscia. Forse lei non la percepiva, l'angoscia, forse vedeva solo l'energia. Tutta l'energia che tiravo fuori per fuggire da chi mi dava la caccia. Ci inoltravamo fra prati verdi e boschi rigogliosi fino a raggiungere il mare scintillante. L'arcipelago ci affascinava sempre, nonostante ci vivessimo in mezzo. Spesso ascoltavamo musica persiana. Googoosh. Proprio come ora: sedute in macchina, insieme a Johan, mentre andiamo a trovare la sua famiglia. Mi piace che Aram ascolti musica persiana anche in sua presenza. Che gli mostri ciò che le ho trasmesso.

Man o to ba hamin ama delamon khely doore. Siamo seduti vicini, ma con i cuori lontani l'uno dall'altro. Da piccola, Aram mi guardava con gli occhi spalancati quando cantavo. Le piaceva, me ne accorgevo benissimo, e questo mi spingeva a metterci ancora più entusiasmo. A volte mi chiedeva di smettere e di cantare altre canzoni, quelle che non erano incise sui nastri o sui cd. I canti popolari della mia infanzia. Ne aveva imparate alcune strofe, cantava insieme a me. Non capiva le parole, quel dialetto così stretto, ma in qualche modo ne afferrava il senso più profondo. Lo vedevo dalle espressioni del suo viso. Oppure da come, senza saperlo, imitava le mie. Perdita e dolore. Sentimenti che si trasmettono per via ereditaria, come i capelli corvini.

Quando eravamo in macchina, ci sentivamo al sicuro. Protette dalla carrozzeria di acciaio e dalla velocità. Lei e io. Al sicuro, senza aver bisogno di proteggerci l'un l'altra. La musica, poi. Il nostro legame con le origini. Con il mondo da cui provenivamo. Perché anche di questo era vagamente consapevole, Aram. Che le sue radici affondavano in quella musica.

Credo che in qualche strano modo, lei sentisse di appartenere più a quelle canzoni che a questo luccicante arcipelago. Forse sarà così finché vivrò. Forse riuscirà a liberarsi di questo retaggio alla mia morte. Forse potrà trasferire le sue radici alle isole e al mare.

Ma oggi è la Festa di mezza estate, e la macchina la sta guidando qualcun altro. Una persona che lei ha trovato nel suo mondo. Io sto sul sedile posteriore e non sono protetta da niente. Tutto mi sta precipitando addosso, e non c'è velocità che possa aiutarmi a scappare.

Arriviamo di fronte all'acqua e parcheggiamo. I nostri giri terminavano proprio qui, di solito. Guidavo senza fermarmi finché non raggiungevamo l'acqua. A quel punto restavamo qualche minuto a osservare il mare, poi facevo inversione e guidavo nella direzione opposta, finché non ritornavamo di fronte all'acqua. Oggi, invece, verrà a prenderci una barca. Oggi il mondo allarga il suo orizzonte. Il padre di Johan mi aiuta a salire a bordo. Mi guardano tutti, come se dovessi cadere a pezzi da un momento all'altro. Non preoccupatevi per me, vorrei dire loro. So cavarmela. Ma rimango muta. Penso al cancro che si sta accanendo sui miei organi interni, che continuano così a marcire di ora in ora.

Il motoscafo non è poi così veloce, ma dà l'impressione di esserlo, perciò mi tengo forte. Chiudo gli occhi e mi abbandono alle sferzate del vento. Lascio che si insinui nelle pieghe del foulard che mi copre la testa fino a raggiungere la pelle. Il mio cranio nudo. Non sento niente al di fuori del vento e del rombo del motore. Mi piace. Mi fa sentire viva, come non mi capitava da tempo.

"Grazie," dico al padre di Johan quando la barca approda.

Cerco di dirlo nel modo giusto, in modo che capisca. Ma probabilmente pensa che io lo stia ringraziando per il passaggio.

"Non c'è di che, ci mancherebbe," risponde. Solo questo. Ci mancherebbe.

Non credo che una persona possa capire che la stai ringraziando per la vita, se non è a sua volta sul punto di morire.

Da che ho memoria, mio padre è stato sempre malato. E tuttavia preferiva stare sdraiato su una branda in cucina per poterci essere, per partecipare alle nostre vite. Accanto aveva sempre un vassoio dove c'erano un narghilè e un bicchiere di tè. Il narghilè conteneva oppio, l'unico rimedio contro il dolore che ammetteva. Zero medicine, zero lamentele. Avevo l'abitudine di sedermi accanto a lui per ascoltare i suoi racconti. Le sue teorie. Aveva tante teorie sulla vita, mio padre. Che stavano su un piano che non mi era facile capire. Era un sufi, un derviscio. Non capivo bene che cosa significasse. Un derviscio non era altro che un poveraccio che bussava alla porta e recitava preghiere per avere in cambio un po' di cibo e un giaciglio per la notte. Capitava spesso che si raccontassero storie di dervisci ai bambini, per spaventarli. Se non finisci tutta la pappa arriva il derviscio e ti porta via! Io pensavo che mio padre non potesse essere niente del genere.

Mio zio, il fratello di mia madre, lo chiamava "il filosofo", il che gli si addiceva di più. Parlava della vita e dell'amore, mio padre. Del nostro amore per lui e del suo amore per la terra. Della bellezza di raccogliere un pugno di sabbia e osservarne i granelli tornare alla terra lentamente, uno per uno, scivolando via dalle dita. Non capivo un granché di quello che diceva, ma la storia della sabbia mi si era impressa dentro.

Mi accovacciavo fuori dalla porta di casa, raccoglievo un pugno di sabbia dorata e pian piano la facevo ricadere a terra.

"Perché ti sporchi le mani?" sbraitava mamma se mi vedeva.

Quando rispondevo che lo facevo per quello che aveva detto papà, alzava gli occhi al cielo e richiudeva la porta. Il mondo di mia madre stava nelle cose pratiche. Preparare il pranzo, lavorare, fare le pulizie. Ma il mondo di papà. Il mondo di papà era un'altra cosa:

> La sabbia torna alla terra perché è alla terra che appartiene. Noi possiamo raccoglierla, imprigionarla fra le dita, spostarla. Ma se anche passassero oceani di tempo o ce la portassimo dietro per centinaia di miglia, essa, non appena se ne presenterà l'occasione, tornerà alla terra. Allo stesso modo, anche noi, tutti noi, siamo legati alle nostre radici.

Se la mia vita fosse stata diversa, forse mi ricorderei qualcosa di più dei discorsi di mio padre. Ma sono queste le parole a cui mi ritrovo a pensare.

Mi allontano verso la piccola spiaggia, mentre tutti gli altri restano sul molo, attorno al tavolo della Festa di mezza estate. La sabbia bianca non è naturale, qualcuno l'ha trasportata fin qui. Via mare, fino all'isoletta. Mi siedo con le gambe tirate su, le unghie dei piedi, laccate di rosso, penetrano sotto la sabbia. Ne prendo una manciata, la stringo nella mano chiusa a pugno, la trattengo a lungo. Forse è possibile violare questa legge, forse è possibile trattenere oggetti e cose in luoghi a cui non appartengono. La sabbia nell'aria, nella mia mano. Stringo così forte che ho quasi i crampi alle dita. Poi la lascio andare con un sospiro.

"Tutto a posto?" urla Aram dal molo.

Annuisco. La sabbia è tornata alla terra.

È un'isola, di loro proprietà. Una striscia di terra che spunta dal mare, e che è di loro proprietà. Piuttosto notevole. A parte la sabbia sulla spiaggia, portata qui apposta, tutti gli elementi dell'isola sembrano saldi e forti. Come se niente potesse scuoterli. Gran parte della superficie è ricoperta da fitti boschi, con alberi altissimi. Con tronchi così grossi da ostruire la vista. Mi meraviglio di quel che è lasciato libero di essere ciò che è. Camminando lungo i sentieri, sento le radici sotto i miei piedi. Mi chino a sfiorarle con le mani. No, non è possibile sollevarle, costringerle a spostarsi altrove. A sfilare fra le dita di qualcuno, a toccare terra per tornare a casa. Sono già a casa, le radici. Ci saranno sempre. Guardo da lontano i commensali attorno alla tavola della festa. E penso che io sono una donna di sabbia; loro, uomini e donne di radici.

Quando arrivò il momento di andare a scuola, la mamma mi comunicò che mi sarei trasferita da Maryam. Mia sorella lavorava in una cittadina a tre ore da noi. Mi sarei iscritta nella sua classe, diventando sua allieva. La sera avrei dovuto aiutarla con le faccende domestiche. Preparare la cena, lavare i piatti. Cose così. Mi arrabbio ancora come una furia, quando ci penso. Mia madre che mi spedisce da mia sorella. Per darle una mano, in sostanza. Mi infuria il fatto di essere stata usata. Come uno strumento, un utensile. Non come qualcuno con un valore intrinseco, qualcuno di cui prendersi cura.

Maryam si era sposata quell'estate. Suo marito si chiamava Masood. Ironia del destino? Forse. Da quelle parti, non si trovavano tanti uomini progressisti quanti ne sarebbero serviti nella nostra famiglia. Così, spesso, finivamo incastrate da qualche stronzo. Di qualche anno più giovane di Maryam, Masood era, come lei, un insegnante. E fu proprio questo a creare problemi, secondo me. Mia sorella valeva più di lui. Più brava in matematica, la materia che entrambi insegnavano. Più empatica; lui si cacciava sempre in qualche guaio, che poi toccava a lei risolvere. E poi Maryam era bella, fiera, forte. Tutto quel che una donna ancora non può permettersi di essere, neppure in Svezia, senza essere ricoperta di merda.

E allora lui la umiliava. Le proibiva di lavorare la sera. Doveva solo cucinare, mettere la casa in ordine e fargli il bucato. Così, mentre lui si dedicava al lavoro, lei doveva stargli accanto a rammendargli le camicie e a lucidargli le scarpe. Questa era la situazione. Per questo era necessaria la mia presenza. Per aiutare Maryam a prendersi cura di suo marito. Per tenerle compagnia in cucina dopo che lui l'aveva ricoperta di urla, costringendola a rintanarvisi. Servivo da scudo. Ecco il ruolo che avevano pensato per me.

Per un insegnante era impossibile non lavorare la sera. Bisognava correggere le verifiche e preparare le lezioni. Così, non appena Masood si addormentava, Maryam lasciava di soppiatto la camera da letto, accendeva una lampada in un altro angolo della casa, di solito nell'ingresso, e si metteva seduta con la sua pila di fogli, gli occhiali sulla punta del naso e la penna fra le labbra. Alla luce fioca, con i capelli color mogano raccolti sulla testa, il lungo collo e le folte ciglia, Maryam sembrava una fata. Una fata bellissima. Quanto era bella Maryam!

Io stavo sdraiata su un materassino in soggiorno, come un cane da guardia. Questo era lo spettacolo che andava in scena sotto i miei occhi. Maryam seguiva Masood in camera da letto. Nel migliore dei casi, parlottavano a voce bassa per un po', giusto il tempo di scambiarsi qualche frase. Poi, silenzio assoluto. Pochi minuti e lui russava. Subito dopo, il cigolio della rete del letto avvertiva che Maryam si era alzata, pronta a scivolare con leggerezza fuori dalla stanza. Mi passava davanti, andava in cucina dove teneva nascosta la borsa da lavoro in un armadietto. Prendeva i suoi fogli e si sedeva al solito posto. Lanciava un'occhiata nella mia direzione e mi faceva l'occhiolino.

"Dormi, adesso, *azizam*." Tesoro mio.

Sorridendo, le inviavo un bacio. Chiudevo gli occhi e, col

fruscio della penna sui fogli in sottofondo, scivolavo dolcemente nel sonno.

E poi tutto precipitò. Per colpa mia. L'inverno era particolarmente rigido quell'anno. Non eravamo abituati a tutta quella neve e a un freddo così intenso. Un giorno tornai da scuola con la febbre e una tosse che mi scuoteva dalla testa ai piedi. Avevo sette anni. Sette anni, magra come un fuscello, lontana dalla mia mamma e decisa a non essere di peso a nessuno. Così mi rannicchiai nel mio angolino in soggiorno e provai a starmene buona buona, zitta zitta. Ma bruciavo e tremavo, e non ce la feci a rendermi invisibile. Credo di essere stata la prima cosa che Masood notò al suo ritorno a casa. Il mio corpo madido e tremante. Qualcosa da non avere in casa.

Mio cognato era un fanatico della pulizia. Non toccava niente se non era sicuro che le mani fossero perfettamente pulite. Pretendeva che Maryam lavasse frutta e verdura con il detersivo per i piatti. Che portasse fuori i tappeti e li spazzolasse all'aria aperta tutti i giorni. Che pulisse il bagno ogni sera e ogni mattina. Di tanto in tanto apriva la porta per controllare. Poi la chiamava per rimproverarla, urlando: "Maryam!". Un nome dolcissimo pronunciato col più duro dei toni. Non era mai soddisfatto.

In fondo gli piaceva che abitassi con loro, credo. Gli piaceva vedere sua moglie in cucina con una bimba accanto. La sera che mi ammalai, però, non voleva avermi tra i piedi. Ma dove sarei potuta andare? Mi rendevo conto di quanto la situazione stressasse mia sorella. Alla fine Maryam decise di portarmi in bagno. Fece scorrere l'acqua calda e mi raccomandò di starmene lì seduta a respirare il vapore.

"Ti fa bene ai polmoni," mi disse prima di andarsene. Ma sapevo che voleva solo tenermi fuori dalla vista di suo marito.

"Quella ragazzina mi farà venire un accidente, Maryam."

Seduta sul piccolo sgabello di plastica in bagno, ascoltavo le loro voci.

"Non c'è da preoccuparsi, Masood. Si tratta solo di una sera. Non le farò toccare niente. Passerà."

"Insomma, nemmeno a casa mia posso stare tranquillo e al sicuro? Mi devo preoccupare di germi e schifezze varie anche fra le mie mura domestiche?"

"Ti prego, Masood, è solo una bambina. Non ci succederà niente, passerà in fretta."

"Come no, intanto non hai ancora preparato la cena! E perché? Perché sei stata dietro alla ragazzina. Ma non è venuta qui per aiutarci?"

"Ti prego. Certo che sì. Lei mi aiuta eccome. Domani tornerà a farlo. Non è un problema."

Ci fu un attimo di silenzio, e intuii che Maryam si era precipitata in cucina. Mi sembrava di vederla, affaccendata ai fornelli. Muoversi a scatti, mentre rimestava nelle pentole, come una vecchia. Era in tensione. Aveva costantemente i nervi a fior di pelle. Come se fosse sempre in attesa di un ordine. Di un rimprovero. Di sentire pronunciare il suo nome in tono d'accusa. Oppure lo sapeva. Forse sapeva che sarebbe accaduto quella sera. Forse io ero l'unica a non averlo capito.

Il calore e il vapore in bagno si erano dissolti, ma io non osavo muovermi. Restai seduta. Tremavo tutta. Sentivo Masood sfogliare i suoi giornali. E Maryam stendere la tela cerata sul tappeto. Tirar fuori piatti e posate. Li sentii sedersi e cominciare a mangiare. Capii che mia sorella non sarebbe venuta a prendermi. Le unghie mi erano diventate blu e la tosse mi squassava il petto. Aprii l'acqua, nella speranza che venisse calda. Ma era gelida. Chiusi il rubinetto e tornai a sedermi. Tremavo tutta, la testa mi scoppiava per la febbre e non sapevo cosa fare. Volevo solo tornare dalla mia mamma. Volevo tornare a casa, stendermi accanto a papà e ascoltare le sue storie. Sulla terra e sull'amore. L'amore.

Ricordo di essermi arrabbiata, arrabbiata con mia sorella. Ricordo di essermi sentita sopraffatta dalla rabbia. Mi alzai e aprii la porta del bagno. Uscii correndo, nuda e in preda alla tosse. Maryam e Masood alzarono entrambi gli occhi dal piatto, stupiti. Credo che fossimo tutti stupiti per quel che avevo osato fare. Ci guardammo l'un altro, senza dire niente. Mi precipitai verso il mio cassetto del comò, nell'angolo del soggiorno. Dando loro le spalle, scovai un asciugamano, cercai dei vestiti. La tosse mi faceva salire le lacrime agli occhi. Non dicevo niente. In quel momento ero come avvolta dalla nebbia, terrorizzata dalla paura per ciò che avevo fatto.

Alle mie spalle, silenzio. Nessun suono, nessun movimento. Ma poi lo sentii alzarsi, sbattere il cucchiaio nel piatto e dirigersi verso l'ingresso. Si mise il cappotto e uscì sbattendo la porta. Non osai neppure voltarmi. Con mani tremanti, mi infilai una maglia e un paio di pantaloni. Poi presi il materassino, arrotolato accanto al comò, estrassi la coperta e il cuscino dall'ultimo cassetto. Mi preparai il letto e mi infilai sotto le coperte, sempre dando le spalle a mia sorella. Rimase seduta. Zitta. Mi vergognai per quello che le avevo fatto. Certo, non avevo avuto altra scelta, ma neanche lei, lo sapevo.

Mi assopii. Ore dopo, fui svegliata da un colpo secco. Mi alzai di scatto. La stanza era completamente al buio. Poi ci fu un tonfo, seguito da un altro colpo. Proveniva dalla camera da letto. Mi precipitai alla porta della stanza, vi appoggiai l'orecchio e mi misi in ascolto. I colpi si susseguivano uno dopo l'altro, ma erano l'unico rumore che si sentiva. Colpi e respiri pesanti. Ansimanti. Dischiusi la porta con cautela, diedi un'occhiata attraverso lo spiraglio. Maryam giaceva a terra, mi dava le spalle. Masood, in piedi sopra di lei, la stava prendendo a calci nel ventre. Lei, immobile e muta. Mi venne voglia di urlare, ma mi trattenni. Richiusi piano la porta e tornai a sdraiarmi sul materassino. Soffocai la tosse nel cuscino. Maryam era morta, ne ero sicura. Lui l'aveva uccisa e ora forse se la sarebbe presa con me.

Dopo qualche minuto la porta della stanza da letto si aprì. Sentii Masood passare, dirigersi di nuovo verso l'ingresso e sparire nella notte. Mi rimisi in piedi in un batter d'occhio e corsi da Maryam. Mi gettai a terra di fianco a lei.

"Maryam, Maryam, Maryam!"

Non rispondeva. Aveva gli occhi chiusi e le gote rosse, gialle, bluastre. Le misi un dito sotto il naso, come si fa con i neonati che dormono per accertarsi che stiano respirando. All'inizio non percepii nulla, ma poi arrivò. Un respiro debolissimo. Era viva. Mi alzai e andai in cucina. Riempii una bacinella di acqua fredda e presi un asciugamano dal gancio. In soggiorno ebbi un attimo di esitazione. Pensai che avrei dovuto chiudere la porta a doppia mandata, per assicurarci un po' di tranquillità. Solo per un po'. Ma il ricordo della rabbia di Masood era troppo fresco. Non ne ebbi il coraggio. Tornai da Maryam. Immersi l'asciugamano nell'acqua fredda e le bagnai la fronte, le guance, gli occhi. L'acqua si mescolava al sudore che gocciolava dal mio viso arso dalla febbre, e alle lacrime che mi scorrevano sul collo.

"Apri gli occhi," sussurrai. "Ti prego Maryam, apri gli occhi."

Alla fine, non so come, lei si svegliò. Mi guardò con i suoi splendidi occhi verdi. Ci guardammo l'un l'altra, mute. Poi lei mi prese l'asciugamano e lo immerse nella bacinella. Sollevò il braccio gemendo di dolore e mi asciugò la fronte febbricitante. Mi raggomitolai accanto a lei. Restammo così tutta la notte. Nessuna delle due dormì. Restammo vicine, lo sguardo fisso nel buio. Sveglie, vigili. Aspettando il suo ritorno.

Quando tornai a casa per le vacanze di Capodanno, raccontai a mamma e papà di Maryam e suo marito. Raccontai che Masood la tormentava. E che lei lo ricambiava con amore e dedizione perfino maggiori. Volevo che mio padre le parlasse. Che le dicesse di scappare da quella situazione. Di guardare avanti.

Ero sdraiata sul tappeto con la testa sulle sue ginocchia, mentre lui si rigirava lentamente il narghilè fra le dita.

"C'è più elevazione nell'amare che nell'essere amati, *dokhtaram*, figlia mia."

Lo guardai sospettosa. Tutto qui? Non avrebbe dovuto lottare per il nostro onore? Proteggere Maryam?

Guardai di sottecchi mia madre che stava ai fornelli. E capii al volo, nonostante fossi solo una bambina. La mamma con la sua schiena rigida, fragile. Quel viso che non sorrideva mai. Capii che mio padre la amava senza esserne riamato. E seppi in quell'istante che non era quel che volevo per me. Io volevo essere amata, sentirmi amata in ogni momento. Donare amore, invece, era solo fatica e delusione.

Un giorno Aram mi mostra un articolo. Alzo gli occhi al cielo. Un'altra cosa che in realtà vorrebbe condividere con Masood. Ma ci sono solo io. L'unica rimasta. Non per molto ancora. Povera ragazza.

Come abbiamo potuto farle questo. Al nostro fagottino, diventato presto tutto il nostro mondo, il mondo che avrebbe dovuto sostituire tutti i mondi perduti. Se avessimo saputo. Se avessimo saputo che sarebbe finita così. Che l'avremmo strappata dalle nostre radici e dalle nostre famiglie, portata via, lontano, per poi morire. Abbandonarla. Lasciarla da sola in una terra che non è la sua. Perché non lo è. Per quanto svedese possa essere diventata. Qui non c'è nessuno che si prenderà cura di lei, come sarebbe invece successo se fossimo rimasti nel nostro paese. Ecco cosa le abbiamo fatto.

Mi chiedo cosa sia più importante. La libertà e la democrazia? Oppure chi ti ama, chi si prenderà cura di tua figlia quando non ci sarai più?

L'articolo parla di un tale che è morto. Monto su tutte le furie, quando lo capisco. Perché mia figlia vuole che legga questa roba? Perché non cerca di proteggermi? "Non voglio morire!" vorrei urlarle. "Perché mi sbatti in faccia la morte?"

Si parla di Kiarostami. Il regista cinematografico. Idolo di Masood. Cancro. Preciso identico al mio. La notizia mi procura una qualche forma di consolazione. Non oso dirglielo, ma è il primo pensiero che mi passa per la testa. Che non sono la sola a salutare la morte senza capelli, senza il mio corpo, senza la mia dignità. Che nessuno può sentirsi al sicuro. Nonostante il talento. La fama. I soldi. Di fronte al cancro siamo tutti uguali.

"Non ero preparata all'eventualità che tutto sarebbe finito così presto," dice lei.

La sua voce è rauca. Mi accorgo che sta cercando di digerire la cosa. Di mandarla giù.

"Credevo che ci sarebbe stato più tempo. Più tempo prima che tutto finisse. Sparisse. Prima che tutto... Si aggiusterà tutto mamma, vedrai. Andrà tutto bene. Per papà. Per te."

Si mette a piangere. Non lacrime silenziose, no, piange proprio come una bambina. Singhiozza, tira su col naso.

"Non capisco perché debba finire sempre così! Perché non possiamo stare bene, una volta tanto? Avere un po' di pace e tranquillità? Dicevano che stesse migliorando, che sarebbe migliorato! E ora non c'è più."

Adesso si sdraia a pancia in giù sul divano, la faccia affondata nelle braccia. La raggiungo trascinando i piedi. Le accarezzo i capelli.

"Piangi, sfogati," le dico. "Piangi, tesoro. Cos'altro puoi fare? Piangi, piangi."

Sento il suo corpo rilassarsi a poco a poco. Si sta liberando di una parte del peso che si porta dentro. In lei si sta aprendo uno spiraglio. Continuo ad accarezzarle i capelli.

"Non capisco perché tutto sparisce, mamma. Perché tutti spariscono. Non lo capisco. Come si fa? Non c'è alcun punto fermo, mamma. È come se fossi sospesa nell'aria. Non capisco perché tutto e tutti spariscano. Sempre."

Mi stacco da lei. Non lo faccio con intenzione, è come se non me la sentissi più di lasciarle la mano sui capelli. Voglio che pianga. Voglio che soffra. Che soffra per la mia mancanza. Non voglio che provi pena per sé. Che si disperi per il suo triste destino. Lei si godrà i frutti di tutte le nostre fatiche. Di tutte le nostre sconfitte. Avrà tutto quello in cui abbiamo sperato, e tutto quel che abbiamo dato per scontato. Libertà. Opportunità. Vita. Lei è quella che continuerà a vivere. E invece se ne sta qui. A piangersi addosso.

Vorrei dirle che tutto sparisce. I mondi che ci costruiamo. Le persone. Sei una figlia della guerra. Una profuga. Se c'è qualcuno che dovrebbe saperlo, quella sei tu. Che cosa credevi? Che riguardasse gli altri? Che ci siamo lasciati tutto alle spalle? Che è qualcosa a cui possiamo sfuggire? Leggiti un libro di storia! Niente è duraturo. Tutto sparisce e il mondo diventa un'altra cosa. Questo è il tuo mondo. È il sangue che ti scorre nelle vene. Ci vorranno intere generazioni per sostituirlo. Perché migliaia di anni di guerre, rivolte e caos lascino il posto alla pace svedese. Alla stabilità svedese.

"È così che stanno le cose," mi limito a dire, invece. Il tono della mia voce è duro, di proposito.

"Da che ho memoria, qualsiasi cosa abbia fatto parte della mia vita è sparita, sempre. E a te, per quanto a lungo tu possa vivere, succederà la stessa cosa."

Quando se ne va, però, mi accosto alla finestra con l'articolo in mano. È stato scaricato da Internet. Aram lo ha stampato per farmelo leggere. E perché era importante per lei. Voleva parlare di questo argomento. Voleva che trovassi un modo per consolarla. Perché Kiarostami è morto. Guardo il foglio che ho in mano, la foto sfocata. Leggo la citazione. È in inglese, ma capisco:

> Se prendi un albero ben radicato nel terreno e lo trasferisci altrove, l'albero non farà più frutti. Penso che se avessi lasciato il mio paese, sarei come quell'albero.

Parole che mi colpiscono come un pugno nello stomaco. Non lo sapevo. Non avevo capito. Non avevo idea che sarebbe stato così. Che tante cose sarebbero scomparse. Io, che pensavo fosse mia figlia a dover capire, ho passato gran parte della vita a non capire. Ho iniziato solo ora.

Ero affacciata alla finestra nel mio appartamento. Fuori, buio e freddo. Prima del cancro. Prima di tutto questo. E pensare che credevo di essere infelice. La giacca sulle spalle e una tazza di tè in mano, il respiro regolare nell'oscurità. Un respiro dopo l'altro. Era squillato il cellulare di fianco a me, sul davanzale. Era Aram. Decisi di non rispondere. Di continuare a stare nella mia bolla. Di finire di bere il tè. E di prendere poi un sonnifero e mettermi a letto. Di rintanarmi nel mio mondo. Pensai anche che in realtà non avevo voglia di rispondere. Mi capita spesso, quando mi chiama Aram. Di non voler rispondere. Di non volerle dare la soddisfazione di pensare: Anche questa è fatta. Voglio che continui a pensare a me. Voglio restare nci suoi pensieri per il resto della serata. Che si chieda come sto. Che pensi: Devo richiamare la mamma. Insomma, quella sera non risposi alla sua prima chiamata. Ma lei riprovò. Io guardai il telefono e lo lasciai squillare a lungo. Risposi all'ultimo minuto. Sentii il rumore assordante dei treni della metropolitana.

"Non chiamarmi quando c'è tutto questo baccano!" fu la prima cosa che le dissi.

Lei restò in silenzio. Credo che volesse riattaccare, quando sentì la mia voce. Quel tono. Quelle parole. Credo abbia pensato che da parte mia non avrebbe mai avuto nessun aiuto.

"Pronto? Ci sei ancora? Non sento niente."

Decise di fare un altro tentativo, nonostante tutto.

"È successa una cosa terribile, mamma," disse.

Non so perché, ma la cosa non mi toccava. Avrebbe dovuto. Avrei dovuto sentirmi inquieta, provare paura. Avere una qualche forma di reazione. Invece niente. Zero assoluto.

"Ah sì? Cosa?"

Tutto quel che riuscivo a sentire era lo sferragliare della metropolitana. Così andai avanti.

"Ci sentiamo domani. Ti chiamo domani."

Riattaccai. Tornai a fissare il buio fuori dalla finestra. Con lo sguardo abbracciai il mare, il bosco. Che cosa poteva mai essere successo di così orribile? Di sicuro, niente.

Avevo appena chiuso la finestra per andare a dormire quando lei richiamò. Mi ricordo che sbuffai. Alzai gli occhi al cielo. Però risposi. Certo, pensai anche a cosa avrei potuto dire per rendere tutto ancora più penoso. Ma non feci in tempo.

"Papà è morto. Papà è morto."

Probabilmente stava attraversando una galleria vuota, perché le sue parole rimbalzarono in una specie di eco. *Papà è morto. Papà è morto.* Non so se lei abbia aggiunto altro. Non so se io abbia aggiunto altro. Non mi ricordo.

So solo che pensai: Non siamo scappati. No, non siamo scappati. Noi non volevamo morire. Solo questo: non volevamo morire.

So che lei è nella stanza. So che mi ha trovato. Che qualche vicino le ha telefonato per dirle che sua madre è stata portata via in ambulanza. So che ha telefonato a ogni pronto soccorso della città. Che mi ha trovato e si è precipitata qui. Non ce la faccio ad aprire gli occhi, ma capisco che è seduta ai piedi del letto. Su uno sgabello, china in avanti. Non si siede mai sulle sedie imbottite con lo schienale. No, so benissimo che sta seduta china in avanti e veglia su di me.

Sento gli uccelli cinguettare. Avverto la brezza tiepida soffiare dalla finestra aperta e accarezzarmi il corpo. So che indossa ampi pantaloni di lino e scarpe con i tacchi alti, li sento battere sul pavimento. Cammina piano, attenta a non fare rumore, ma non può evitarlo. È inquieta, preoccupata. Non vuole che io continui a vivere in questo stato. Vuole che muoia, e basta. Per farla finita. Per farla finita con tutta questa sofferenza. Per me e per lei.

Non posso morire, e basta. Lo vorrei, certo. Sono tutta intorpidita. Cerco di muovermi, di girarmi su un lato, ma non controllo i movimenti. Ora si è alzata, sento lo sgabello graffiare il pavimento. Lei percepisce i miei tentativi di muovermi. Mi prende la mano.

"Mamma," dice. "Mamma, sono qui. Sono qui. Non ti lascio sola."

La sua voce trema, s'incrina.

"Mamma. Mamma. Mamma."

Si accoccola per terra, accanto al letto. Mi prende la mano fra le sue.

Comincia a cantare, piano piano.

Man o ba khodet bebar, man ba raftan hazeram. Portami con te, sono pronta a partire.

Sono i versi di una canzone di Googoosh. Mi sforzo di stringerle la mano, ma la mia non collabora. Non risponde ai comandi. Se ne sta piatta e immobile. Nella sua, come già morta.

Akhare shehreh safar, akhare omre mane. Lahzeye mordane man, lahzeye residane. L'ultima poesia del viaggio è l'ultimo istante della mia vita. Il momento della mia morte è il momento dell'arrivo.

Un'altra canzone di Googoosh. Voglio che smetta. No, quella canzone no. Lei non deve morire, lei non deve seguirmi da nessuna parte. Deve vivere. Vivere a lungo. Vorrei che lo capisse. Che se non lo fa, allora tutto è perduto. Ora tace. O sono io che mi sono addormentata.

Quando apro gli occhi, la pioggia sta battendo sulla finestra. Dev'essere passato un giorno. Aram indossa un maglione largo e un paio di scarpe da ginnastica. Niente trucco, i capelli raccolti in una crocchia sformata.

"Ma come ti sei conciata?" le dico con una voce gracchiante. "Non ti fai bella per la tua mamma?"

Lei abbozza una risata. Breve. Come quando una situazione è tutt'altro che divertente, ma non c'è altro modo di reagire. Suona il campanello per chiamare l'infermiera e si siede.

"Come ti senti, mamma?"

Il nodo che mi soffoca la gola sta per esplodere. Vorrei gridare. Gridare! Gridare aiuto. Maledire ciò che mi ha portato qui. Urlare e basta. Ma ho la gola secca, non ce la faccio.

Scuoto la testa. Lei mi prende la mano. Guarda lontano, fuori dalla finestra, la pioggia battente.

È colpa della chemio. Mi schianta. Ho la febbre alta e una serie di infezioni. Gli antibiotici mi vengono pompati per endovena. Antibiotici e sa Dio che altro. Sono a letto, collegata a una serie di tubi e non so niente. Non posso fare niente.

"Lavoro in ospedale anch'io," dico alla donna che è venuta a misurarmi la pressione e a controllare il battito. Voglio che lo sappia, lei che mi infila aghi nelle braccia devastate. Voglio che capisca che conosco il suo lavoro. Che sono una sua pari. Non una povera vittima, una derelitta affidata alle sue cure. Lei sorride.

"Magnifico!" è tutto quello che dice.

Raduna le sue cose fischiettando. Spinge il carrello davanti a sé e mi fa l'occhiolino.

"La dottoressa arriva subito."

Aram la segue con uno sguardo vuoto. Penso che ci vorrà del tempo prima che mia figlia torni a fischiettare. Prima che possa dire che qualcosa sia "magnifico". Penso che sto colando a picco e che la sto trascinando con me.

"Dovrebbe mettersi a dieta, quella lì," dico. Cerco di apparire allegra. Aram mi guarda assonnata, per qualche istante. Poi sorride a sua volta e anche il mio sorriso, ora, lo sento sincero.

"Magari c'è qualche bel vecchietto col cancro alla prostata che vuole prendersi un caffè con me." Aram scoppia a ridere, e il suono della sua risata mi fa salire le farfalle nello stomaco.

"In corridoio ho visto uno che somiglia tale e quale a Persbrandt... un Persbrandt senza capelli."

Lei mi fa l'occhiolino.

"Mah, io aspetterei quello giusto."

Ci scambiamo un altro breve sorriso. Senza muoverci, senza dire una parola. Rimaniamo sedute come due idiote, a sorriderci, finché non mi stufo e mi giro dall'altra parte.

Christina, la dottoressa, entra con una faccia preoccupata.

"Abbiamo deciso di sospendere la chemio," annuncia.

"Che significa?" domanda Aram. "Con che cosa la sostituite?"

"Con niente," replica la dottoressa. "Ora come ora, il suo corpo non ce la fa."

"Quindi non c'è una cura alternativa? Lasciate avanzare il cancro senza fare nulla?"

"Effettivamente il rischio c'è," risponde Christina. "Ma è probabile che la chemio sia più dannosa. Mi dispiace."

Dopodiché ci lascia, e la pioggia riprende a martellare più forte. Guardiamo la finestra. La furia che si abbatte contro i vetri. Sferra il colpo. Scivola giù. Aram si è seduta alla piccola scrivania, con una penna in mano. Scarabocchia qualcosa. In realtà sta disegnando, credo, ma a me sembrano solo fastidiosi scarabocchi.

"E piantala!" le dico. Devo aver gridato però, perché mi guarda stranita.

"Se ti secca così tanto stare qui, puoi anche andartene."

Quei suoi occhi scuri. Mi guarda come una bambina. Una bambina spaventata, ferita. La mia bambina.

"Levati dai piedi. È meglio. Sono stanca. Devo dormire. Vattene."

Lei rimane dov'è, come pietrificata.

"Ci vediamo domani, se hai tempo. Tanto non c'è più niente da fare, l'hai sentito anche tu."

Aram raccoglie in fretta le sue cose. Di certo non vedeva l'ora di filarsela, di essere liberata.

"Hai fretta?" le domando. Lei si irrigidisce.

"Vuoi che resti, mamma? Sto qui finché vuoi."

Che bugiarda, penso. Se fosse vero, non mi lascerebbe.

Mi sembra di essere rimasta in ospedale per il resto della mia vita. Avevo la febbre a quaranta e non c'era modo di farla scendere. Deliravo, sì. Proprio di quello si trattava. Delirio. O comunque lo si voglia chiamare. Del resto, non è forse vero che tutti noi passiamo la vita a delirare? A frapporre un filtro opaco fra noi e il mondo? Sperimentiamo mai qualcosa di vero, di reale? Il cancro, per esempio. Il cancro credo che lo sia, reale. Ma al tempo stesso non lo è. Tanto per cominciare, come mi è saltato in mente di fare la chemio, visto che mi hanno detto subito, chiaro e tondo, "devi morire"? Perché non ho preso tutti i miei soldi per filarmela via? Avrei potuto fare dei viaggi, vivere nel lusso. Portare Aram con me. Partire per le Hawaii; sorseggiare bibite ghiacciate su comode sdraio, farmi fare un massaggio al giorno. Oppure per Las Vegas, a giocare al casinò. E a un passo dalla fine, le avrei detto addio. Ancora lucida, avrei stretto la mia bambina fra le braccia e l'avrei ricoperta di baci. Poi avrei acquistato una vecchia decappottabile per raggiungere il Texas, il deserto. Infine avrei trovato una montagna e l'avrei salita fino in cima. Mi sarei portata una bottiglia di cognac e un pacchetto di sigarette, mi sarei seduta con le gambe penzoloni a bere, a fumare, a cantare. Poi sarei risalita in macchina, avrei pigiato il piede sull'acceleratore, alzato le braccia al cielo e guidato urlando a perdifiato. Urlato e guidato. La macchina sarebbe uscita di strada e volata nell'abisso, e io con lei. Sarei uscita di scena urlando e fluttuando nell'aria, e la vita sarebbe stata più bella che mai, proprio nell'attimo in cui stava finendo.

Ecco che cosa avrei potuto fare. Vivere la vita fino in fondo. Bruciarla fino all'ultimo brandello. Vivere così intensamente da sentirmi soddisfatta. Sazia. Ma ho perso la mia occasione.

Mi hanno detto: "Hai il cancro, devi morire". E io ho scelto di lottare contro la morte invece di spremere le ultime gocce di vita dalla mia esistenza. Non mi è del tutto chiaro che cosa mi abbia spinto a fare questa scelta. Eppure la rifarei ancora, se me ne fosse data di nuovo la possibilità. Lo so. So che ho più paura di morire che di vivere a metà. Credo di essere stata sempre così. È così che sono stata in quello stanzino per gli interrogatori, quando ho tradito tutto e tutti. E così sono adesso, in questa stanza di ospedale. Con addosso più paura di morire che di vivere fino in fondo. Se non è un'immagine delirante questa, ditemi cosa lo è.

L'infezione è migliorata, quindi presto mi dimetteranno. Non voglio. Non voglio andare a casa, starmene sola. Semplice, no? Me la passo meglio in ospedale. Sto meglio in compagnia di esseri umani al capolinea e di infermiere stanche che a casa mia. E poi, finché sei in ospedale la gente viene a trovarti. Si fa così. Se una sta in ospedale si va a farle visita. Ma una volta a casa, tutti pensano: Ora può cavarsela da sola. Ecco perché voglio restare qui.

L'ho detto a Christina. "Dottoressa, non mi sento ancora abbastanza in forze." Lei mi ha preso la mano e si è seduta di fianco a me, cosa rarissima da queste parti. I dottori preferiscono stare in piedi a occhi bassi. Mi ha stretto la mano e mi ha parlato con dolcezza.

"Capisco benissimo. Ma temo che d'ora in poi le cose staranno più o meno così, e cioè che lei non si sentirà mai abbastanza in forze."

Avrei strappato tubi, cannule e aghi e l'avrei colpita dritta in faccia, mollandole un ceffone così potente da rintronarle il cervello e annebbiarle la vista. Ma come può dire una cosa del genere? "Sono più forte di quanto credi," le avrei risposto. Ma lei non mi avrebbe aiutato, anzi, mi avrebbe messa sul primo furgoncino per disabili e spedita a casa. E poi, non so neppure se sia vero.

L'ho sempre pensato, ci ho sempre creduto. Di essere più forte di quanto mi vedano gli altri. Ma ora comincio a credere il contrario. Che gli altri mi vedano come una persona che sa sempre come cavarsela, e invece non è vero. Sono terrorizzata, ho così paura della morte! Più di quanta non ne abbia mai avuta né pensato di avere. Credevo che sarebbe stata violenta e rapida. Un proiettile in testa. Un incidente in macchina. Un colpo e via. Finito. A questo ero preparata. A un colpo secco. Non all'attesa. L'attesa. È passato un anno dalla diagnosi, da quando mi hanno fatto sapere che sto per morire. Un anno, e un anno ancora mi resta, forse. Un anno fatto di mattine in cui ti svegli con lo stesso pensiero: sto per morire. E in un giorno come questo, presumibilmente non troppo lontano, morirò davvero.

Non era questo che avevo immaginato, che mi ero aspettata dalla vita. L'attesa senza fine della morte.

"Ti porto a un concerto," mi ha detto Aram. Ha comprato i biglietti e organizzato tutto. Non so perché, chi le abbia messo in testa un'idea simile. Ha la fissa di dover fare un sacco di cose prima che io me ne vada. Qualcosa di bello. Ma non so se ne ho voglia, in questa lotta fra metastasi e medicine. Non so se ne ho voglia.

"Ce la puoi fare mamma," mi ha detto. "Puoi venire senza problemi."

Sa che Christina sta per dimettermi. Ne è felice. Crede che ciò significhi che c'è speranza.

Che ne sai, vorrei dirle. Che ne sapete, voi, di quel che succede dentro di me.

"Prenderemo un taxi sia per l'andata che per il ritorno in ospedale. Dovrai camminare sì e no poche decine di metri. Ce la puoi fare."

Ce la puoi fare, ce la puoi fare. Neanche fossi una marmocchia di due anni che bisogna convincere a sedersi sul vasino.

"Non mi va," le dico. "È la mia ultima sera in ospedale e voglio restare qui."

"Ma il concerto è stasera, mamma. Solo stasera, non ci posso fare niente. E poi, chi ci dice che..."

"E poi chi ci dice che... cosa?" mi infurio. "Chi ci dice che ci sarà un'altra occasione, è questo che vuoi dire? Che io non muoia domani?"

Si morde il labbro, come fa ogni volta che si sente ferita. Lo so, anche se lei crede di tenersi tutto dentro. I suoi sentimenti, invece, li vedo come vedo la luna nelle notti d'inverno. Chiari e limpidi. "Cerca di nasconderli meglio," vorrei dirle. Non sei ancora abbastanza brava. Non voglio vedere quello che provi, lo capisci? Ne ho già abbastanza dei miei, di sentimenti. Non voglio che resti qui impalata a scaricarmi addosso biasimo e sensi di colpa con i tuoi sguardi. Ti ho ferita? Davvero? Pazienza. Morirò presto, lo sai? Io. Tu invece continuerai a vivere. Capisci? E dunque ti tratto come voglio.

"Ora vattene," le dico solo. "E comunque al concerto non ci vengo."

Lei china la testa ed esce. Stringo fra le braccia il cuscino turchese che mi ha regalato. Chiudo gli occhi e lascio che le lacrime scivolino sulla stoffa.

Christina bussa alla porta e fa capolino. Di nuovo. La seconda volta, oggi. Ma perché non mi lascia in pace?

"Avete davvero tutte queste energie?" la provoco. "Che cosa ho fatto per meritarmi tanta attenzione?"

Poi mi ricordo di dove mi trovo, della mia situazione, e mi metto a sedere sul letto.

"Ha avuto i risultati degli esami?"

Forse, stasera, saprò che è davvero finita. Forse potrò chiedere ai medici di puntarmi un'arma e farmi un buco in testa. Non sarebbe certo un reato, se i risultati delle analisi facessero presagire il peggio. Da sola non oserei farlo, lo so per certo.

"Ho appena incontrato sua figlia all'ascensore," dice la dottoressa. "Era sconvolta."

Deglutisco.

"Non è compito suo parlare di queste cose con me. Che vada da un assistente sociale."

Faccio una pausa. Stringo le labbra.

"O chiami un assistente sociale per mia figlia," riprendo.

Mi guarda accigliata. Dura. Delusa. È delusa, sì. Non da me come paziente. Ma come mamma.

"Nahid."

Mi stupisce che mi chiami per nome. Mi guarda come si guarda una persona, non un contenitore di medicine e masse di cellule in metastasi.

"Capisco che sia doloroso," attacca. "Capisco che sembri ingiusto e che lei sia arrabbiata. Capisco tutto, e non ho certo il diritto di interferire con le sue scelte, con il modo in cui vuole vivere la sua vita. Il mio lavoro è combattere il cancro. Fare in modo che lei provi meno dolore possibile, nient'altro. Una cosa le chiedo di fare: di provarci con tutte le sue forze. Di provare a riempire le sue giornate di senso. Di andare d'accordo con chi le sta vicino. Di fare qualcosa che le piace. Glielo consiglio come suo medico curante, Nahid, perché così avrà più energia. Capisce? Ed è tutto ciò che desideriamo qui. Che lei conservi le forze e la voglia di vivere il più a lungo possibile."

"Perché dovrei?" replico. "A cosa servirebbe? Forse a guadagnare qualche giorno, ancora un po' di tempo. Ma perché non farla finita? Perché dovrei andare avanti? Lo sanno tutti che sto per morire. Perché dovrei andare avanti?"

"Nahid," dice Christina. "Tutti dobbiamo morire. Può benissimo succedere che io muoia prima di lei, capisce cosa intendo? Sua figlia potrebbe morire in qualsiasi momento. In un incidente stradale, per una causa misteriosa. Non lo sappiamo, non sappiamo niente. Ma se dovesse accadere qualcosa ad Aram, vivrebbe col ricordo delle ultime parole che vi siete scambiate. Sono solo un medico, ma le assicuro che questo sarebbe peggio del cancro."

Chiamatemi pure egoista. Qualcuno potrebbe dirmi: "Tu pensi solo a te stessa, Nahid", e io lo odierei per questo.

Piangerei e urlerei: "Ma che ne sai? Che ne sai di quel che ho passato? Che ne sai della mia solitudine? Di quanto gli altri siano stati egoisti con me?" questo direi, e quel qualcuno mi troverebbe ancora più sgradevole. Mi direbbe: "Tu non fai che piangerti addosso, e questo è egoismo. Perché punisci chi non c'entra nulla con gli errori che gli altri hanno commesso con te? Non capisci che stai solo tramandando il tuo dolore, che lo stai tenendo in vita, che stai facendo di tutto perché ti sopravviva? È questo che vuoi? Vuoi lasciare solo dolore dietro di te, è questa l'eredità che hai in serbo per tua figlia?". E a quel punto lancerei a quel qualcuno il più cupo degli sguardi. E una replica asciutta.

"E perché dovrebbe farla franca, mia figlia?"

Aspetto che Christina esca dalla stanza. Poi mi raddrizzo a fatica e prendo il telefono. "Vengo al concerto," digito, ripiombando sdraiata subito dopo.

"Lo faccio solo per Aram," dico a me stessa ad alta voce.

Ma non è così. Lo faccio per me. Perché la dottoressa ha ragione. Fa male ferire gli altri. Fa male, perché poi ti voltano le spalle. La cosa peggiore. Essere abbandonati. E io non voglio. Voglio che mia figlia torni da me, che resti al mio fianco. Perciò stavolta faccio quel che vuole lei.

Sibilo del cellulare. "Benissimo! Allora vengo a prenderti," scrive. Verrà a prendermi. È tutto ciò di cui ho bisogno, e finalmente mi assopisco. Dormire invece di lottare a vuoto. Riposare e lasciare le metastasi proliferare in pace.

Nel mio torpore, lo immagino come uno stupro. Sono costretta a subire ciò che più temo: che un ospite sconosciuto e indesiderato penetri a forza nel mio corpo e ne prenda possesso. Lasciandosi alle spalle macerie impossibili da rimuovere. Penso che ho perso la battaglia per il mio corpo. Probabilmente una battaglia persa già al momento della mia nascita. Un'altra femmina. Un'altra delusione.

Siamo di nuovo insieme in macchina. Lei mi tiene la mano. Guardiamo fuori dal finestrino, verso Strandvägen e l'acqua. Speravo in un mare scintillante, invece no. L'atmosfera è cupa, il vento soffia rabbioso.

"Sta per piovere," dico.

"Non importa," risponde lei.

La macchina si ferma davanti al Cirkus, dove c'è tanta di quella gente che quasi mi manca il respiro. Non vedevo tanta vita da secoli. Apro la portiera per scendere, ma esito.

"Non so se ne ho voglia."

Aram mi prende per un braccio e mi trascina fuori. Dolcemente, ma con più energia di quanto mi aspettassi. Mi lascio sospingere, trascinando i piedi. A un certo punto i suoi amici si uniscono a noi. Mi lanciano sguardi carichi di compassione. Distolgo gli occhi. Nessuno di loro sa cosa dirmi. Mi siedo su una seggiola comoda e accogliente. In quel preciso momento inizia la musica, e all'improvviso mi sento come circondata da una presenza vitale, avvolta dal calore e dalla bellezza, sfiorata da una carezza morbida come le mani di una madre. Quella musica. Ci sono cadenze persiane dentro, e lei, la ragazza che sale sul palco, sembra una piccola figura mitologica. Laleh, così si chiama. Un tulipano di primavera nella tempesta di aprile. Comincia a parlare, e la sua voce mi sfiora i timpani come il crepitio dolce della pioggia d'estate. Mi riporta a tempi e luoghi del passato. Aram continua a tenermi la mano, e per la prima volta penso che sia bello. Che sia bello morire. Che c'è un'onda di calore che mi aspetta. Il calore di papà. Quello che ardeva in Masood. In Noora. So che Noora mi sta aspettando. Sprofondata nell'ampia e confortevole seggiola, sento le mie labbra aprirsi in un sorriso. La mia mano stringere quella di Aram, morbida come la mano di una madre. Lei mi guarda e io, nonostante il buio, percepisco un moto di sorpresa. La mia dolcezza la sorprende.

Non so se il calore che mi avvolge circondi anche Aram, o se sia il buio, a farla sentire protetta. O la ragazza sul palco. Spero di essere stata io a regalarle qualcosa. Ad aiutarla ad affrontare la sofferenza. Ma magari è tutto merito della musica. Della poesia. Aram è cresciuta a musica e poesia. Sono state la musica e la poesia a consolarla, a darle aria, a nutrirla. E quel dono gliel'ho fatto io. La musica. Sono felice di averle regalato almeno questo. La ragazza sul palco attacca a cantare. Una figlia della guerra, come la mia. Le sue parole danno aria ad Aram. Le sue canzoni parlano di quelli che abbandonano presto il mondo, e di quelli che vi si aggrappano con tutte le forze, che non vogliono mollare la presa. *Some die young*, qualcuno muore giovane, canta lei, mentre Aram soffoca un grido. Poi china la testa e trema, e io so che sta piangendo, la mia bambina. La mia cucciola. Geme come un cucciolo. Piange e trema come un cucciolo, e io so bene perché. So che sono destinata a morire. E che lei è destinata a rimanere sola. So che devo dire addio alla mia bambina, e lei alla sua mamma. Le stringo la mano ancora più forte, e mi appoggio allo schienale della seggiola. Mi dondolo avanti e indietro. Così stanno le cose. Sono destinata a morire e la mia bambina a perdere sua madre. Per un attimo sembra una bella cosa. Come se fosse la cosa più naturale del mondo.

Di nuovo estate. Aprile è diventato maggio, maggio è diventato giugno e le persone giù nel prato sono di nuovo alle prese con l'allestimento del palo. Con gli abiti a fiori e le voci festanti. Mi affaccio alla finestra, come al solito, con la tazza di tè di fianco. La mia immagine riflessa nel vetro pretende attenzione, e io l'accontento. La osservo con cura. I capelli sono ricresciuti. Ho sospeso la chemio da tre mesi, e le metastasi mi hanno concesso una tregua. Sto bene! L'ho detto a Christina, lunedì scorso, ma lei non era dello stesso parere.

"Stiamo a vedere, Nahid," ha detto.

Ho deciso di non fare altre domande.

"Grazie," mi sono limitata a dire, ricevendo in risposta un breve cenno del capo. E un sorriso prudente.

"Le auguro buona Festa di mezza estate."

"Senz'altro! Festeggerò con mia figlia e la famiglia del suo compagno."

Breve attimo di esitazione. Ma poi l'ho detto.

"È una tradizione."

Non ho specificato che è solo la seconda volta, perché in tal caso avremmo ricominciato a parlare del tempo. Del fatto che potrebbe essere l'ultima volta, e di quale tradizione si può parlare se è stata celebrata solo due volte?

Ho comprato un vestito nuovo, un vestito a fiori rossi,

grandi. È appeso alla porta del bagno, mentre nell'ingresso c'è un paio di sandali, sempre rossi. Non vedo l'ora. Voglio sedermi in macchina e partire, via, via verso i laghi, i ponti, le isole. Non vedo l'ora di immergermi in tutta quella bellezza. Voglio costruirmi dei bei ricordi. Tutta quella bellezza. Lascerà una traccia dentro di me.

Vestita di tutto punto, mi piazzo davanti allo specchio e prendo il rossetto. Lo stendo con cura, lentamente. Nessuna sbavatura oggi. Non sarò "la malata,", oggi. Oggi no, non sono malata. Oggi, tutto indica che riuscirò a cavarmela. A vivere. Oggi mi sembra di essere nata per la seconda volta.

Noto subito che c'è qualcosa di diverso. Hanno preso l'ascensore insieme e suonato alla porta. Lei ha le chiavi della macchina in mano, le stringe forte, vi si aggrappa. Le gira e le rigira, le fa tintinnare, e io non le dico di smettere solo perché oggi non sono malata. Ma è così irritante, che alla fine sbotto.

"La smetti con quelle maledette chiavi?"

Lei, colta di sorpresa, le fa cadere e mi lancia uno sguardo incupito. Volto la schiena a entrambi e mi dirigo verso l'ascensore. Non sento i loro passi dietro di me, restano lì impalati a bisbigliare. Lui cerca di consolarla. È malata, penso. Oggi io sto bene e lei si è ammalata. Sicuramente cancro, dev'essere cancro. Gliel'ho passato io. Oggi io sto bene e lei sta per morire. E se fossi io a sopravvivere e lei a morire, a lasciarmi sola? Questo pensiero mi terrorizza come nient'altro nella vita.

In macchina stiamo tutti in silenzio. E io che desideravo un po' di leggerezza, che non vedevo l'ora che fossimo tutti felici! Cerco di interpretare il loro stato d'animo da come tengono la schiena. Lui sembra contento, rilassato. Quella tesa e nervosa è lei. Cerco di farmi venire in mente qualcosa da dire. Da chiedere. Mi rendo conto che non lo faccio da tempo. Non ne ho avuto bisogno. È stata sempre lei a fare le domande, io ho solo dovuto rispondere. Ora è difficile pensare a delle domande.

"Come va il lavoro, Johan?" mi sento dire.

Non che avessi pensato a una domanda del genere, né che fosse lui la persona a cui rivolgermi.

Johan si volta verso di me. Ha un'aria felice.

"Benissimo, Nahid, grazie. Ma presto arriveranno le vacanze e sarà ancora meglio!"

Non riesce a dire altro e io mi giro alzando gli occhi al cielo. Quante parole vuote e senza senso ci diciamo.

"E tu come stai? Ho sentito che è andata bene con i dottori, questa settimana."

Gli sorrido facendo il segno di vittoria.

"Ho vinto! Il cancro ha tolto le tende!"

Aram mi lancia un'occhiata nello specchietto retrovisore.

"Le metastasi non ci sono più, intendo. Non ho tumori nel corpo, quindi al momento non ho neppure il cancro ed è sempre qualcosa. O no, Johan?"

Lui mi prende la mano e la stringe forte.

"È molto, Nahid."

Ha le lacrime agli occhi e io non sono preparata a tale visione. Non sono preparata al fatto che lui abbia a cuore la mia situazione. E fino a questo punto, per di più.

Lei si schiarisce la voce e mi guarda di nuovo nello specchietto retrovisore.

"Abbiamo pensato di fare una sosta da Delselius, mamma, per prendere un caffè e un dolcetto alla vaniglia. Ti va bene?"

"Oggi? Ma è la Festa di mezza estate, saranno chiusi, no?"

"Sono aperti, ho chiamato per esserne sicura," risponde.

Non capisco tutta questa urgenza, nessuno di noi è così goloso. Lo dico e lei sorride.

"No, è vero, lo so. È solo che ho una certa fame e non capitava da tempo, giusto? Da quando? Quindici anni?"

Annuisco, perché in effetti è vero. Quindici anni fa acquistammo il nostro appartamento in città e quando, ancora increduli, tornammo a Gustavsberg, ci sedemmo su quelle stesse sedie da bar e ordinammo panini dolci con marzapane e panna montata, perché era febbraio, e mancò poco che scoppiassimo a ridere. Credo che nessuno di noi pensasse che ce l'avremmo mai fatta, invece era successo. Avevamo comprato una casa nuova, una casa così diversa dalla precedente. Ci eravamo lasciati ogni cosa alle spalle. Pensammo quel che pensano tutti i profughi quando diventano tali, e in seguito, quando si trasferiscono: ora ci lasciamo ogni cosa alle spalle. Non è così, naturalmente. Tutto ciò che siamo stati e siamo, ci segue, non importa quanto ci allontaniamo. Ma quella volta festeggiammo, perché ce l'avevamo fatta ed eravamo felici.

Vorrei dirlo. Sono passati quindici anni dall'ultimo momento felice insieme. Ma questo pensiero mi procura una tristezza infinita, soprattutto perché non sono sicura di poter vivere altri attimi di felicità. Non puoi dire che non sei felice da quindici anni, se non hai l'opportunità di esserlo ancora. Mi chiedo se questa non sia la sofferenza più grande. Ricordarsi dei tempi migliori. Ricordarsi che ci possono essere tempi migliori. Ricordarsi che la felicità è così vicina da essere a portata di mano.

"Va benissimo," riesco a dire. Aram sembra sollevata. Come se si fosse aspettata che avrei fatto storie.

Parcheggiamo in centro e scendiamo dalla macchina. Sembra un posto abbandonato. Non solo perché è la Festa di mezza estate, ma anche perché non c'è rimasto praticamente nulla. Che so, una pizzeria, una pasticceria, un negozio di video, che, a dire il vero, sono ormai spariti quasi dappertutto. Dei locali dove oggi la gente di solito passa il tempo, non c'è traccia da queste parti. Rusta, Ica Maxi, McDonald's. I centri commerciali di questo tipo sono stati costruiti lontano da qui, in aree dove prima c'erano solo boschi. Mi chiedo perché non abbiano abbattuto questo vecchio posto. Perché non l'abbiano trasformato in qualcosa di diverso. Ricordo quando venivamo fin qui ogni giorno. Per andare a fare acquisti da Domus, ritirare alle Poste gli enormi pacchi provenienti dall'Iran, per vedere un film alla Folketshus. È grazie a centri come questi che abbiamo conosciuto la Svezia.

"È diventata una città fantasma," le dico. Lei mi prende una mano.

"Lo so. Ora è tutto cambiato, è un'altra cosa. Ma non importa, giusto? Non ci riguarda."

Sono d'accordo con lei. Tutto questo non ha niente a che fare con noi. Non viviamo più qui, ci siamo lasciati tutto alle spalle tanto tempo fa. Dopo un po' capisco, però, che Aram intende qualcos'altro. Che è troppo banale perché possa toccarci. Che la perdita di un luogo non ha importanza per chi ha perso la sua gente. Non ha importanza per chi sa di dover morire presto.

Chino la testa. Le dico che, in realtà, ci riguarda ancora. Che riguarda me. Un luogo che hai dovuto lasciare, da cui sei dovuta fuggire, non dovrebbe riguardarti, farti male. Invece sì. Ogni perdita ti fa stare male, ti riguarda. Quando si avvicina la morte, fai fatica a riconoscere che le cose che hai le puoi perdere.

Entriamo da Delselius, e sembra tutto come è sempre stato. Il bancone di vetro con i sandwich aperti in bella mostra, e poi panini giganti, dolcetti alla cannella e dolcetti alla crema. Ragazze bionde a servire, con lo stesso abito a righe.

Sedie rivestite di velluto rosso: stesse sedie e stesso velluto. Il tessuto appare liso, ma è bello, e invita ad accomodarsi proprio come quando Aram era piccola, e potevamo permetterci al massimo i dolcetti da cinque centesimi, e solo di rado.

Johan va al bancone per le ordinazioni, mentre Aram mi guida verso un grande tavolo vicino alla finestra. Non ci sono altre persone nel locale. Un paio di uomini anziani prendono il caffè all'aperto. Qualcuno entra a comprare una torta per i festeggiamenti di mezza estate. Il locale è un po' buio. Fuori invece splende il sole, e io ancora non capisco il perché di questa pausa. Aram si siede di fronte a me e Johan prende posto al suo fianco. Sul vassoio ci sono un paio di dolcetti alla crema e una tartina con pasta di mandorle. La cameriera arriva con le nostre tazze di caffè. Guardo l'orologio alla parete, tipo quello che c'era nell'aula di Aram.

"Non faremo tardi all'appuntamento con i tuoi, Johan?"

"No, tranquilla, è tutto a posto."

Johan la guarda di sottecchi. Aram scuote lentamente la testa. Si china in avanti e gli sussurra qualcosa all'orecchio.

Lui si schiarisce la voce.

"Nahid, c'è una cosa che dobbiamo dirti."

"Che aspetti allora? Parla, su." Ho il cuore in subbuglio. Lo sento. Quel che hanno da dirmi è una questione di vita o di morte. Lei è malata, lo sento, è lei la moribonda ora.

Lui la guarda di nuovo, lei distoglie lo sguardo, lui si schiarisce la voce, ancora.

"Ecco Nahid, a quanto pare... sembra proprio che..."

Aram si alza di scatto e solleva lo sguardo stupita. Sembra quasi che voglia darsela a gambe, e anch'io provo la stessa sensazione. Non voglio stare qui. Perché mi ci hanno portato? Perché mi hanno riportato a vecchi ricordi e vecchie delusioni per aggiungerne di nuove?

Lui le prende la mano e gliela stringe forte. Lei rimane accanto a lui.

"Nahid, sembra proprio che tu stia per diventare nonna."

È come se una coltre buia mi calasse davanti agli occhi. In un primo momento penso di aver capito male. O magari che stiano scherzando, che sia una battuta detta per allentare la tensione. Lo guardo strizzando gli occhi.

"Che hai detto, scusa?"

Lui si fa esitante. Guarda Aram in tralice, ma lei si gira dall'altra parte.

"Ecco, sì, avremo un figlio. Diventerai nonna."

Mi aggrappo al bordo del tavolo con tutte le mie forze.

"Oddio..." mi sfugge un gemito. "Oh mio Dio!"

Cerco di alzarmi per andare da lei, ma non ce la faccio. Mi tremano le gambe, sento che sto per crollare. Vorrei dire qualcosa. Qualcosa di leggero, spiritoso. Che giornata! Così piena di vita. Ma non ci riesco. Invece nascondo il viso fra le mani e scoppio in singhiozzi. Le lacrime mi velano gli occhi e mi inabisso dentro me stessa. Dentro al mio cancro e dentro tutte le mie battaglie. Penso che questo è tutto quello che ho sempre desiderato. Avere un segno che non sono stata una persona di cui si potesse fare a meno, superflua. Che sono più di una traditrice. Più di una causa di morte e infelicità per gli altri. Penso a mia madre, seduta accanto al telefono nel suo piccolo appartamento. A come si aspetti sempre il peggio. A come, seduta sul tappeto, veglia sulla porta di casa e sul telefono, e di tanto in tanto si alza e lancia un'occhiata fuori scostando le tende dalla finestra. Non le ho mai fatto quella telefonata. Non l'ho mai chiamata per dirle "Mamma, ho il cancro, non mi resta molto da vivere". Adesso, invece, posso chiamarla per dirle "Mamma, avremo un bambino!".

Alzo lo sguardo su loro due. Aram si è riseduta, Johan la attira a sé. Lui ha gli occhi rossi, lei trema fra le sue braccia.

"Davvero?" chiedo. "Dite sul serio?"

Lei non alza lo sguardo. Piange sul petto di lui. Ma lui annuisce, annuisce e sorride.

Mi asciugo il viso con un tovagliolino di carta, ma non riesco a smettere. Non riesco a smettere. Io, destinata a morire presto. A morire e a perdermi. Ma ora riuscirò a restare in vita per accogliere questa nuova vita.

"Grazie," dico. "Grazie."

Aram evita il mio sguardo, io non faccio commenti. Mi alzo, vado verso di lei e la stringo fra le braccia. La sento rilassarsi e appoggiarsi a me. Le premo la guancia umida sulla sua, le dico ancora grazie. Le dico, eccomi, ci sono. Ci sarò. Per te. Lei ricomincia a piangere e lui ci stringe entrambe fra le braccia e ce ne stiamo tutti e tre lì come una montagna. Una montagna umana. Un tipo diverso di montagna umana. Lui, io, lei e la piccola creatura che le cresce nel grembo.

La piccola creatura. Tutto quel che voglio è riuscire a vederla. Se ce la faccio, non vorrò niente di più.

"Sarò la migliore nonna del mondo."

Aram solleva la testa e mi guarda dritto in faccia. I suoi occhi sono gonfi di dubbi. Di dubbi e di qualcos'altro, qualcosa che non scompare mai: la luce, schegge di vita, l'ingenuo spirito infantile. La speranza.

La sua speranza in me.

Ci rimettiamo in marcia, percorrendo strade che ho percorso tante altre volte. Attraversiamo boschi, costeggiamo spiagge. Passiamo sul ponte di Djurö e l'acqua scintilla a tal punto che mi si confonde la vista. Un posto splendido, di cui oggi faccio parte anch'io, parte di tanta vita e bellezza.

Oggi non morirò. Oggi diventerò nonna. Oggi sono immortale in tutti i sensi in cui può esserlo un essere umano. Sento le farfalle nello stomaco. Ho lottato contro il cancro e ne sono stata ricompensata.

Penso ai maestosi alberi sull'isola. Penso che mia nipote non diventerà come me. Sarà una creatura di radici, non di sabbia. Che vivrà nello stesso posto in cui è nata. Con radici che ramificano solide sotto terra. Sono stata io a crearle. Io a fare in modo che la figlia di mia figlia potesse avere al tempo stesso libertà e radici. Penso che sia stata la mia fuga a renderlo possibile. Mi stringo le mani in grembo. Lascio uscire l'aria dalle labbra. Mi siedo un po' più dritta. Aram mi guarda di nuovo nello specchietto retrovisore. I nostri occhi si incontrano, e lei sorride.

I genitori di Johan non sanno niente della gravidanza. Glielo diciamo insieme, ed è bello. È mia, la nipote di cui si parla. Loro ne hanno già quattro.

"Oddio che meraviglia!" esclama la madre di lui. Nient'altro. Probabilmente è questa la differenza fra sapere tutto della morte e non aver mai avuto motivo di temerla. La grandezza della vita va oltre la fragilità dell'essere umano.

Ci sediamo al tavolo da pranzo, versiamo il vino nei bicchieri e chiedo di riempire il mio fino all'orlo. Brindiamo. Ridiamo tutti e io più forte degli altri. Ma desidero andarmene lungo la spiaggia e in mezzo ai boschi, sola con i miei pensieri. Dico che ho bisogno di riposare e tutti capiscono al volo. Mi tolgo le scarpe e le lascio sul molo. Voglio sentire i sassi e la sabbia sotto i piedi. Scendo in spiaggia e mi siedo con le braccia attorno alle gambe. C'è uno scivolo, non ci avevo fatto caso l'anno scorso. In una cesta sotto il molo ci sono alcuni giocattoli di plastica. Un camioncino spunta dal bordo. Devo comprare secchiello e paletta, penso. Secchiello e paletta per la piccina. Perché lo so, sarà una femmina. Una femmina che prenderà il posto di Noora. Che riempirà il vuoto che ha lasciato.

È quando aiuto a sparecchiare che ci faccio caso. Cammino lungo il vialetto fra gli alberi maestosi, con il vassoio in mano. Cerco di mostrarmi agile e pimpante, per evitare di dire che non me la sento, per non far cadere tutto. Il mio sguardo è concentrato sul vassoio, ma con la coda dell'occhio noto comunque che qualcosa non va. Guardo più attentamente. Le radici non ci sono più. Mi giro, cerco dall'altra parte. Sono sparite, tutte. Gli spuntoni che emergono dal terreno testimoniano che un tempo c'erano, le radici, ma ora sono state divelte. Metto giù il vassoio, mi inginocchio e comincio a tastare il suolo. Nuda terra. Sento dei passi alle mie spalle. La madre di Johan mi sta chiamando. Mi chiede se va tutto bene.

"Le radici... sono sparite. Erano qui, vero?" La mia è una domanda, perché penso che le abbia spostate altrove. Che esistano ancora da un'altra parte.

"Certo, bello vero?" risponde lei. "Le abbiamo estirpate in primavera. Un lavoraccio che non ti dico, erano così forti. Ma ne valeva la pena, non credi?"

Devo averle lanciato uno sguardo incredulo, perché di botto si ferma.

"Sì, ecco, non vogliamo mica che il nipotino inciampi e si faccia male, no?"

Non so cosa dirle. Probabilmente pensa che il mio silenzio sia in qualche modo dovuto al mio stato di salute. Che io me ne stia lì per terra perché sono malata.

"Lascia pure il vassoio, chiederò a Niels di venirlo a prendere," mi dice infine, dirigendosi verso casa.

La seguo con lo sguardo, finché la piccola porta rossa non si richiude alle sue spalle. Poi affondo le dita nella terra e comincio a scavare, a scavare il più possibile in profondità. Devono esserci. Le radici non si possono eliminare, non possono sparire. Ma le mie dita non riescono a raggiungerle.

Veder crescere la pancia di Aram è la cosa più bella della mia vita. Le chiedo in continuazione di sedersi sul divano di fianco a me, in modo da poterla accarezzare. Ogni tanto la raggiungo mentre prepara il tè o lava i piatti, e le sollevo il vestito. Metto le mani fredde sulla sua pelle. Non si sente a suo agio quando lo faccio, me ne accorgo dal suo sguardo. Uno sguardo vigile, attento. La capisco. Vuole proteggere la sua creatura. La vuole proteggere da me.

Penso che sia bello che voglia proteggerla, perché è difficile. Difficile da fare e perfino da desiderare. A volte siamo noi madri che vogliamo essere protette. A volte ci sembra che nostro figlio se la sappia cavare meglio di noi. Vorrei che non fosse così. Vorrei aver avuto un altro passato, vorrei essere io quella che se la cava meglio. Ma non è vero.

Di tanto in tanto le lancio un'occhiata fugace, oppure la fisso quando è distratta. Cerco di capire se anche lei è ferita. Ferita come me. Talmente ferita da dimenticarsi di proteggere, di scegliere di non farlo. Vorrei chiederle cosa ne pensa. Se teme un giorno di diventare come me. Ma come faccio a farle questa domanda senza rischiare una conversazione che non ho nessuna voglia di affrontare? No, non me la sento di parlare con lei di quel che è stato. Ho deciso così. A volte mi sembra che non le dispiacerebbe. Che invece vorrebbe affrontare questo discorso. Avere delle spiegazioni. O forse ricevere delle scuse. Ma poi dico qualcosa e cambia idea. Capisce che non parlerò, che non sono il tipo a cui chiedere conforto. Non lo sono mai stata, e non dedicherò certo gli ultimi mesi della mia vita a consolare. In fondo sono io quella che sta affrontando una terapia dopo l'altra, fra nausea e affanno, sdraiata come un vegetale, in attesa che arrivi la morte a portarmi via.

Invece, un giorno decido di telefonarle. Lei è al lavoro e non ha molto tempo, ma le dico che è importante e mi ascolta.

"Ce la farai a essere una brava mamma?" le chiedo a bruciapelo.

Non risponde.

"Pensi di poter essere una brava mamma?" ripeto.

"Non capisco," dice. "Che vuoi dire?"

"Non sono sicura che tu possa farcela! Non sei abbastanza forte da affrontare un parto, e prendersi cura di un neonato è difficile. Ce la farai?"

Trattiene il respiro. Poi emette un sospiro. Pesante.

"Mamma. Ora riattacco. Per favore, non richiamarmi. Non chiamarmi più oggi." Riattacca. Mi chiude il telefono in faccia prima che possa aggiungere altro. Fisso il cellulare che ho ancora in mano, mentre la gola mi si ingrossa e il petto si gonfia, fin quasi a scoppiare. La odio! Mi fa sentire sola. Abbandonata a me stessa e insignificante. In questo momento la odio.

Le scrivo: "Come puoi farmi questo! Sono malata!".

Nessuna risposta.

Suono alla sua porta. È sabato mattina e lei non sa che sono io. Non so cosa mi dirà, ma sono dovuta venire di persona. Non potevo telefonare rischiando che non mi rispondesse.

Ci vuole un po' prima che venga ad aprire. Dopo un attimo di assoluto silenzio, ci riprovo. Poi avverto il rumore di un corpo che si muove, lentamente. Non sono sicura che si stia dirigendo alla porta, così suono un'altra volta. Solo dopo aver premuto di nuovo il dito sul campanello, mi viene in mente che è proprio in questo modo che ha saputo della morte di Masood. I poliziotti suonarono alla porta, più e più volte, finché lei non andò ad aprire. Si sta ripetendo la stessa scena, penso, come se questo fosse il suo destino. La morte che bussa alla porta. Esattamente come il nostro era stato vedere Rozbeh accasciarsi al suolo, coperto di sangue. E non vedere mai più Noora tornare a casa. Temo che la sua vita diventi una replica della mia, che questa sia la sua unica possibilità. L'unica giustizia. E allora premo di nuovo il campanello.

Sembra distrutta, quando apre la porta.

"Mamma. Che succede?"

Pronuncia a fatica le parole e si muove come se le facesse male ogni fibra del corpo.

Mi faccio avanti e le appoggio le mani sul braccio.

"Come stai tesoro? Che succede?"

"Non lo so, mamma." Si appoggia alla parete e china il busto in avanti. "C'è qualcosa che non va."

Si porta la mano allo stomaco, e a me sfugge la borsa per terra. Il tonfo ci fa sobbalzare entrambe.

"No, no!" urlo. "Non è possibile, non deve succedere!"

"Mamma, ti prego. Siediti, per favore. Adesso chiamo Johan."

"E io l'ambulanza," ribatto. "Chiamo l'ambulanza."

Non è possibile, non deve succedere. Non era certo a questo che pensavo, non è questo il nostro destino. Il suo destino. Il nostro destino. Abbiamo bisogno di questo bambino. Ci meritiamo questo bambino. Questo bambino diventerà la nostra consolazione. Sprofondo nella poltrona dell'ingresso, ho il respiro pesante, mi manca l'aria. La sento parlare al telefono, a bassa voce. E poi parla ancora, con un tono più deciso. Ce la farà, penso, può farcela.

"Mamma, mi accompagni?"

"Dove stiamo andando?"

"In ospedale."

Mi guarda ancora una volta. Dubbiosa.

"Te la senti, mamma?"

Non lo so. Non so se me la sento.

"No, se qualcosa va storto."

Mi risponde con una risata. Una risata amara.

"Allora è meglio se resti qui."

Intanto si è vestita, sia pure a fatica, e ha aperto la porta.

"Devo andare." Evita di guardarmi. Se ne va. Chiude la porta.

Resto seduta, a guardare le mie mani tremanti. Andrà di nuovo tutto a rotoli, penso. Avrei voluto che questo attimo di felicità fosse durato un po' di più. Che fossimo riuscite a trovare un po' più di gioia. Mi chiedo se i bei ricordi della Festa di mezza estate resteranno tali, la prossima volta che attraverseremo il ponte. O se i momenti belli resistono solo se nel frattempo non cambia niente. Se la bellezza potrà continuare a esistere indisturbata.

Sento arrivare una macchina e penso a lei, che sta aspettando in mezzo alla strada. E al fatto che, comunque, tutto questo dolore non l'ha indotta a darsi per vinta. Mi alzo, corro alla porta, me la chiudo alle spalle e mi precipito verso il taxi. L'autista mette in moto nel preciso istante in cui apro la portiera e mi infilo nell'abitacolo. Lei solleva lo sguardo dal telefono, stupita.

"Io ci sono," le dico.

Lei annuisce, si gira dall'altra parte. Dopo un po' allunga la mano cercando la mia e ce ne restiamo così per il resto del viaggio. C'è silenzio in macchina, e a me viene da pensare che ci ritroviamo di nuovo sedute una accanto all'altra. Io e lei in un'automobile. Mi sforzo di pensare a qualcosa di bello.

Quando arriviamo, ci ricevono all'istante. Ero tesissima, pronta a fare il diavolo a quattro, ma non ce n'è stato bisogno. A quanto pare i bambini li prendono molto sul serio. Le vite appena abbozzate sono più importanti di quelle quasi al capolinea.

Mi chiede di aspettarla in sala d'attesa. Non capisco il perché e mi metto a sbraitare, ma l'espressione del suo viso mi zittisce. Non si fida di me, questo è il fatto. Entra in una stanza con un'infermiera e tutto è tranquillo e silenzioso. A lungo. Sono seduta con la borsa in grembo. La stringo forte. Mi chiedo dove sia Johan, ma sono contenta di essere sola con mia figlia. Contenta che sia io a starle accanto, a darmi da fare per aiutarla. Giusto, devo darmi da fare! Non è il caso che me stia seduta qui senza poter fare nulla.

"Chiedo scusa," dico a una persona di passaggio. "C'è un bar da queste parti?"

"Mi segua," risponde, conducendomi in un locale.

Sono sollevata, in modo quasi indescrivibile. Come se quel locale mi permettesse di essere chi voglio. Qualcuno che fa qualcosa. Che dà una mano. Prendo un cestino e comincio a buttare dentro un po' di cose. Succo di carota, per darle un po' di energia. Ne prendo due cartoni. Un sacchetto di patatine. Mi fermo davanti alle riviste, ma non so cosa le piace leggere. Cerco di ricordarlo. Vorrei tanto saperlo, perché lei sì, lei sì che saprebbe che cosa piace leggere a me. Alla fine, decido di non comprare nulla. Meglio così che leggerle la delusione negli occhi.

Ora non so cosa fare. Do un'occhiata ai mazzi di fiori e mi ricordo di quel giorno, in ospedale, in cui le urlai di portarsi via il suo orrendo bouquet. Lascio perdere.

E all'improvviso la vedo. La bancarella con gli orsetti, le giraffe di peluche, le copertine per neonati e mille altri oggetti adatti ai momenti belli della vita. Allungo la mano per toccare un topolino di soffice stoffa blu, avvolto in una minuscola coperta. Lo prendo e gli occhi mi si riempiono di lacrime. Ho voglia di mollare tutto. Ho voglia di salire al reparto di oncologia, chiedere una stanza e dire: "Eccomi, sono venuta qui per morire". Invece, infilo il topolino nel cestino e vado alla cassa. Raggiungo il reparto maternità in ascensore. Per una volta mi comporto come si conviene.

Al mio arrivo, mi viene incontro un'infermiera. Mi si stringe la gola. È arrivata l'ora, penso. L'ora di dimostrare che sono una mamma, e anche un'infermiera. Devo far vedere chi sono. Invece me ne sto lì in piedi senza dire o fare nulla.

"Sua figlia vorrebbe che andasse da lei."

Annuisco.

"Come... Cosa? Sapete qualcosa?"

Non credo che mi abbia sentito. Oppure non mi vuole rispondere. Stringo forte il topolino di peluche che ho in tasca. Non ho voluto metterlo in borsa, hai visto mai che mi venisse voglia di restituirlo. Hai visto mai.

L'infermiera mi precede, poi bussa piano alla porta, prima di aprirla. Cerco in tutti i modi di mandar giù il nodo che mi blocca la gola, di non farlo esplodere.

Aram è nella stanza, semisdraiata nel letto. Sulla pancia scoperta le hanno applicato piccoli elettrodi. È girata dall'altra parte, così mi giro anch'io. Cerco di soffocare il panico.

"Mamma," mi dice con dolcezza. Quel tono mi sorprende. Non ricordo di averlo mai sentito prima. È il suo tono da mamma, penso. Ha questa voce perché è una mamma.

"Mamma, guarda." Mi tende le braccia e io vado verso di lei. Non voglio vedere cavi e macchinari, perciò tengo lo sguardo fisso sul suo viso, e noto che è felice. Vorrei ricominciare a respirare, ma non oso.

"Lo senti, mamma?" Non capisco cosa voglia dire, ma quando mi metto in ascolto, sento un suono rapido e regolare: pum, pum, pum.

"È il battito. Il suo cuore che pulsa. Guarda qui."

Guardo il monitor e lo vedo. Il battito cardiaco. Veloce veloce. Dapprima non capisco. Guardo il monitor e basta.

"È lei," dice Aram. "Sta bene."

Qualcosa mi esplode nello stomaco e mi risale in gola. Mi aggrappo alla sponda del letto.

Mi arrampico sul materasso e ci mettiamo l'una accanto all'altra a guardare le onde che scorrono sullo schermo. Restiamo così a lungo, in attesa dei risultati delle analisi, di poter tornare a casa. Un'attesa di cui neanche mi accorgo. Non ci penso. Non penso a niente. Guardo e ascolto. E basta.

Soltanto quando ci mettiamo i cappotti, me ne ricordo. Mi ricordo perché ho bussato alla sua porta. Il cancro. È tornato. Metastasi dappertutto. Nello stomaco, nei polmoni, nel fegato.

La guardo di sottecchi. Sembra sollevata. Realizzata. Non si accorge di quanto siano deboli i miei passi, così decido di regalarle questa giornata. Questa giornata appartiene alla vita.

Mi sono ricavata un confortevole cantuccio sul divano con cuscini e coperte. Sono riuscita perfino a prepararmi un tè. Ho fatto tutto da sola. Nessuno sa che ho ripreso la terapia. Non avrei mai immaginato di poter tenere per me una cosa del genere. Ma ciò che è successo l'altro giorno, quando ci siamo precipitate in ospedale, mi ha spaventato. Quella minuscola vita rannicchiata nel suo grembo, in attesa di nascere. Devo proteggerla. Se c'è qualcuno che voglio proteggere, è questa creatura.

Quando è nata Aram, ho pensato che avrebbe potuto sostituire Noora. Che fosse venuta a prendere il suo posto. Che sarebbe stata al sicuro, che nessuno le avrebbe fatto del male. Ma è successo troppo presto. Eravamo ancora in pieno incubo. Dolore e angoscia, impossibile evitarli. Aram diventò parte di quegli avvenimenti. Le persecuzioni, la guerra, la nostra fuga. Ma ora. Una vita che rimpiazza la mia, quella di Noora, e perfino, in qualche modo, la vita di Aram. Questa è la nostra chance, e io non intendo mettermi di traverso. Seguo la mia terapia e vomito in silenzio. Non sarà possibile mantenere il segreto per sempre, ma finché funziona, finché ce la faccio, devo proteggerla. Mi tiro la coperta sulle gambe e afferro la cornetta. Il numero di mia madre si trova fra le chiamate automatiche. Devo telefonarle, dirle che è in arrivo una bambina su questa terra. Una bambina nostra. Saremo quattro generazioni di donne a vivere tutte insieme, contemporaneamente, su questa terra. Credo che sia il mio modo di fare ammenda per tutto ciò che le ho tolto.

Ci vuole un po' prima che qualcuno risponda. Aspetto. Magari ha bisogno di tempo per spostarsi da un punto all'altro del piccolo appartamento. Non è il caso che riattacchi, facendola sentire in colpa perché non ha fatto in tempo a sollevare la cornetta. Alla fine, dopo almeno una ventina di squilli, sento una voce estranea al telefono. È la vicina. Ci scambiamo qualche frase di circostanza, poi le chiedo se mia madre è in casa.

"*Ey vay*, non te l'hanno detto? *Khanom* è stata portata in ospedale con l'ambulanza!"

"Perché?"

Sento la mia voce indurirsi, e sebbene non sia così, sembra quasi che sia colpa di quella donna. Noi saremo quattro generazioni di donne sulla terra! Mia madre avrà un'altra Noora, io le darò un'altra Noora!

"Meglio che telefoni tu stessa in ospedale," mi dice la vicina, dandomi un numero. Lo trascrivo in silenzio e riattacco senza dire grazie.

Comincio a telefonare alle mie sorelle ma nessuna risponde. Ricomincio da capo, telefono di nuovo. Finalmente risponde Maryam.

"Maryam, che succede?"

"*Aziz*, niente," risponde. Poi tace.

"So che la mamma è in ospedale e che nessuno ha risposto alle mie chiamate, perciò qualcosa è successo. Dimmelo!"

"Non è il caso che ti preoccupi," dice. "Concentrati su di te, pensa a stare bene. Qui pensiamo a tutto noi."

No, no. Non ora, ti prego, non ora. Sollevo un cuscino e vi soffoco dentro un urlo.

"Maryam, voglio parlare con la mamma. Ho bisogno di parlare con la mamma. Dov'è?"

La sento parlare sottovoce con qualcuno. Sento che stanno cercando di capire come affrontarmi, cosa mi devono dire.

"Maryam!" urlo. "Dov'è mia madre?"

"Non fare così, calmati, ti prego." Fa una pausa. "Mamma ha avuto un attacco. Ora è... ora è in coma. Non sappiamo se si risveglierà."

"Sì, invece, si risveglierà! Dobbiamo svegliarla, Maryam! Ho una splendida notizia per lei: Aram avrà una bambina, devo dirlo alla mamma!"

Tace, la mia indistruttibile sorella. La sento sforzarsi di regolare il respiro, di mantenere la calma. Cerca ancora di proteggermi, anche se non ci è mai riuscita. Nessuna di loro ci è mai riuscita, e ora che la mamma sta per morire nessuna di loro mi aiuta. Ma devono! Devono aiutarmi a svegliarla!

"Maryam, devi fare di tutto per svegliarla. Mi hai sentito? Devo parlare con lei, ne ho bisogno, Maryam, tu non puoi capire."

"Ti chiamo più tardi, *aziz*," mi dice prima di riattaccare. Solo questo.

Affondo nel divano, fra i miei cuscini, mi raggomitolo in posizione fetale e comincio a gemere.

"Mamma, mamma..."

Provo a cullarmi per trovare un po' di pace. Il mio sguardo si fissa sul catino accanto al divano. I sostituti del pasto sul tappeto. Sono sola. Sola in modo lancinante. La solitudine mi schiaccia. Ogni fibra del mio corpo ne avverte il peso. Provo a sollevare il braccio per asciugarmi il viso, ma lo sento inerte lungo il fianco. Non riesco a muoverlo. All'improvviso la stanza prende a girarmi intorno, lo sguardo mi si annebbia. È come una giostra che gira, forte, sempre più forte. Voglio scendere! Voglio scendere, ma non vado da nessuna parte.

La sera in cui Masood venne a dirmi che era morto Saber, morì la speranza. La speranza di poter continuare, di ricominciare a vivere. Quando Masood prese mia figlia, l'anima mia, fra le braccia, e cominciò a picchiarmi, morì la speranza di poter creare dal dolore qualcosa di diverso. Non potevamo restare. Non eravamo in grado di proteggere noi stessi, né la nostra bambina.

Quando smise di picchiarmi, Masood cominciò a indietreggiare, sempre con Aram in braccio. La piccola strillava così forte che pensai che loro sarebbero arrivati da un momento all'altro. In una casa dove un bambino piange disperato, ci possono essere solo dei criminali. Solo gente che merita di essere giustiziata. Continuò a camminare all'indietro finché non urtò contro la parete e scivolò a terra. Temetti che Aram gli sarebbe sfuggita dalle braccia, tale fu la violenza con cui tutto accadde, ma riuscì a tenerla. Ben stretta. Questo mi tranquillizzò. In qualche strano modo, in quel caos ritrovai la calma. Ce l'ha, pensai. Non la piccherà, né la prenderà a calci. Anche se non riuscirò più ad alzarmi da questo tappeto, lei è con lui. Non la lascerà cadere. In quel momento era l'unica cosa che contava per me.

Mi ha preso a calci proprio come è stata presa a calci Maryam la prima volta. A questo pensai, stesa lì sul tappeto.

E sta accadendo ancora, sta accadendo la stessa cosa. E quando una cosa si ripete, ancora e ancora, vuol dire che era destino che fosse così. Forse è sempre stato destino che fosse così.

Restammo come congelati in quella posizione. Lui contro la parete. Aram fra le sue braccia, con la testolina appoggiata sulla sua ascella e il culetto nella mia direzione. E io stesa sul tappeto. Con la guancia contro la stoffa ruvida, le ciglia abbassate. Credo che sia stato lo shock a sopraffarci. Voglio crederlo. Che sia stato lo shock a trasformarci in persone orribili. In persone diverse da ciò che erano, e destinate a non tornare come prima. Restammo come congelati in quella posizione, e passò del tempo prima che riuscissimo a muoverci. Aram si era finalmente acquietata. Dormiva. Abbiamo scelto la strada sbagliata. Ecco cosa pensavo. Non potevamo permetterci di restare lì, immobili. Dovevamo andarcene. Avvertire gli altri. Trovare un posto dove nasconderci.

Ci svegliammo alle prime luci dell'alba. Aram piagnucolava, e questo costrinse i nostri corpi a reagire. Evitammo di guardarci. Credo che ci vergognassimo. All'epoca ero ancora convinta di avere qualche motivo per provare vergogna. Per essere il tipo di donna che si fa picchiare dal marito. Per essere quel che ero e per la persona che avevo scelto. Ci alzammo senza dire una parola e cominciammo a radunare le nostre cose. Non un granché. Qualche vestito. Un paio di coperte. Alcuni pezzi del servizio di porcellana ricevuto in dono alle nozze. Gran parte dei nostri averi li avevamo lasciati a casa del padre di Masood. Temporaneamente, così avevamo pensato. Finché tutto sarà finito. Finché non torna la calma. Ma quella mattina, mentre raccoglievamo i brandelli della nostra vita, ci rendemmo conto che non sarebbe mai successo. Niente sarebbe mai finito, e la calma non sarebbe più tornata.

Le nostre cose, i beni con i quali avremmo potuto costruire una casa, una vita, erano destinati a rimanere nel magazzino di un'altra persona. Presto vi sarebbe entrato qualcuno, pensando che forse avrebbe potuto dare in prestito il comò o quell'abitino per una bimba appena nata. Gli abiti che avevo fatto a maglia o cucito con la macchina di mia madre, con le mie mani, uno per uno.

Quando finimmo di radunare tutto, mi avvolsi il busto in uno scialle e con l'aiuto di Masood vi infilai Aram. Era silenziosa, di un silenzio mortale. Come se sapesse, come se sapesse ogni cosa nel minimo dettaglio. Poi scendemmo le scale. Un ragazzo con un tappeto arrotolato in spalla e due valigette in mano. Una ragazza con una neonata stretta al petto. Aprimmo cauti la porta, Masood sporse la testa e non appena la strada si svuotò, mi fece cenno di seguirlo. Ci mettemmo così in cammino nella pallida luce dell'alba. Non sapevamo dove andare, cercammo solo di allontanarci il più possibile. Masood piangeva in silenzio. Piangeva per Saber, ne ero certa. Ma speravo che piangesse anche per me. Per quello che mi aveva fatto. Non credo, però. Non credo neppure che se ne ricordasse. Credo che ne rimuovesse ogni traccia non appena finiva tutto. Soffocava ogni ricordo sul nascere.

Eravamo nel centro della città, in piazza Imam Hussein. Prima non si chiamava così. Aveva un altro nome. Un nome senza la parola "Imam", ma non mi ricordo quale. Masood si era infilato in una cabina telefonica, in cerca di un'altra sistemazione per noi. Osservai la folla che si spostava frenetica da un posto all'altro, quasi in preda al panico, nonostante fosse a malapena sorto il sole. Le tracce di fumo dell'ultimo raid aereo. I soldati che marciavano nella mia direzione per poi passare oltre. Mi strinsi Aram al petto, sentivo il battito del mio cuore impazzito propagarsi nel suo corpicino. Questo non è il luogo adatto per un bambino. Dobbiamo andarcene da qui, pensai.

"Ho trovato una nuova sistemazione," disse Masood sollevando le valigie da terra.

Non mi mossi e lui mi guardò perplesso.

"Dai, vieni!"

Ma rimasi dov'ero.

"No, non è questo che voglio. Voglio che ce ne andiamo. Fuggiamo, Masood, dobbiamo lasciare l'Iran."

Proprio in quel momento Aram emise un gorgoglio, un sorriso con la piccola bocca sdentata.

Ci voltammo entrambi a guardarla. Incantati dalla gioia di vivere che emanava. Poi scoppiamo a ridere anche noi, prima Masood e poi io. In mezzo a quel cupo terrore. Masood mi mise un braccio attorno alle spalle e mi attirò a sé. Penso che in quel momento avrei dovuto sentirmi sopraffatta dal disgusto, dalla paura nei confronti di quell'uomo che mi aveva pestata a sangue con la mia bambina fra le braccia. Ma non lo ero. Mi appoggiai a lui, invece, in cerca di protezione. Lui era il pilastro più sicuro della mia vita. Passò molto tempo prima che riuscissi a trovarne un altro più sicuro.

Dopo un paio di settimane, Masood tornò a casa con una busta marrone sotto il braccio. Aveva la camicia zuppa di sudore, le mani tremanti. Io ero seduta per terra con Aram, nell'ennesima stanza senza finestre. Gattonava in circolo sul tappeto che costituiva la nostra casa, non riuscivo a capire come facesse. Come potesse crescere là dentro. Senz'aria e senza luce. Da dove prendeva l'energia in quel vuoto? Non me ne capacitavo.

Masood aprì la busta e ne rovesciò il contenuto accanto a me. Tre piccoli oggetti. Di carta e inchiostro. All'apparenza, non molto. Ma a me mancò il fiato.

"Masood," dissi esitante. "Masood!"

Lui crollò a terra, si girò su un fianco e mi posò la testa sulle ginocchia. Tremava ancora dalla testa ai piedi, e finalmente mi resi conto che era adrenalina. Terrore e adrenalina. Affondò la testa nella mia gonna e cominciai ad accarezzargli i capelli, mentre guardavo i tre quadernetti. E se non fossero bastati? Se qualcosa fosse andato storto? Se pur potendoli usare, tutto fosse andato ugualmente a rotoli?

Ne presi in mano uno, il primo. Sembrava autentico, aveva la giusta consistenza. Lo aprii e lo sfogliai. C'era la mia foto con sotto il nome "Noora Pooreh". Un nome falso. Serrai gli occhi. Stava accadendo, stava accadendo sul serio. Saremmo fuggiti, e davanti a me avevo la prova di chi ero e di chi sarei diventata. Una persona inventata, con la mia Noora sempre con me, come un'ombra.

Aprii gli altri passaporti e osservai le foto. Masood, con gli occhi sbarrati e pieni di terrore. E lei. La mia bambina. Un anno appena compiuto e un sorriso sghembo. Mi domandai come fa una bambina così piccola a scappare. A essere costretta a scappare. Mi domandai cosa avrebbe visto davanti a sé, pensando a questo paese. Il suo paese, un paese che non avrebbe mai conosciuto. Mi domandai cosa ne sarebbe stato di lei. Soprattutto questo. Cosa ne sarebbe stato di lei. "Setareh" c'era scritto. Il nome lo aveva scelto Masood, e mi parve una scelta azzeccata. Setareh, la stella che ci avrebbe guidati nella notte.

"Lo stiamo facendo per lei, giusto?"

Masood sollevò lo sguardo su di me.

"Lo spero," rispose, e in quell'istante capii che anche io e lui eravamo due bambini. Ventidue anni, bambini perduti. Non avevamo idea di quel che stavamo facendo. Continuavamo a dirci che avevamo una responsabilità, che dovevamo fuggire per amore di nostra figlia. Perché non perdesse i suoi genitori, la sua vita. Perché avesse un futuro. Era per questo che ci eravamo arresi. Per questo avevamo abbandonato le nostre famiglie, la nostra terra. Abbandonate e tradite. Non so. Non credo che fosse vero. Credo che avessimo fatto tutto per amore di noi stessi. Per le nostre egoistiche ragioni. Perché non volevamo fare la fine di Noora, di Rozbeh, di Saber.

Perché non volevamo morire.

I passaporti falsi erano costosi e lo stesso valeva per i voli clandestini. Non li pagammo noi. All'inizio Masood non voleva dirmi da dove provenissero i soldi. Non voleva mettere in mezzo altre persone. Coinvolgerle più di quanto già non lo fossero. In seguito capii che era stato suo zio a farsi carico di tutto. Che dovevamo a lui la nostra libertà.

Masood voleva che non ne facessi parola neppure con mia madre.

"Per il suo stesso bene," disse, ma subito dopo cambiò versione. "E per il nostro bene. Sai meglio di me come può reagire. Se comincia a urlare e a lamentarsi... attirerà l'attenzione, potrebbe essere convocata per un interrogatorio e chissà che altro."

"Devo quindi lasciare il paese senza salutare mia madre, Masood? È questo che vuoi che faccia?"

Eravamo seduti sul tappeto della nostra stanzetta. Bisbigliavamo appena, tanta era la paura di essere pedinati. Non avevamo idea di dove si nascondessero, dei metodi che usavano per controllarci. Fino a che punto sapessero di noi.

Ma Saber sapeva tutto. Era l'unico del nostro gruppo a sapere tutto di tutti. Prima di entrare nella stanza in cui si teneva una riunione, dovevamo bendarci gli occhi, in modo da non sapere che aspetto avessero gli altri partecipanti. Così non avremmo mai potuto identificarli. Avevamo sentito un po' di storie su cosa succedeva in caso di arresto. Chi veniva arrestato era spinto a forza in una macchina, portato in giro per tutta la città e costretto a indicare le facce conosciute. Le facce di chi partecipava agli incontri. Di chi era entrato in clandestinità. Di chi di notte tappezzava la città di volantini. Di quelli come noi. Ed era solo l'inizio. Poi arrivavano le torture, gli stupri, le minacce di morte, tutto per avere più informazioni possibili. Più nomi. Ecco perché era necessario che non ci conoscessimo.

Saber sapeva tutto di tutti. Il dolore per ogni brutta notizia si mescolava alla paura per le nostre stesse vite. Che cosa gli avevano fatto prima di ucciderlo? Fino a che punto ci era rimasto fedele, in quelle ultime, terribili ore di agonia? Una parte di me voleva credere che ci avesse traditi. Così non sarei più stata l'unica ad averlo fatto.

Ci vollero alcuni mesi perché tutto fosse pronto per la partenza. Giravamo come nomadi, con le valigie pronte al seguito. Nel frattempo ci arrivavano voci sugli arresti di un numero sempre maggiore di nostri amici. Ci spostavamo tutti senza sosta, ma lasciavamo tracce del nostro passaggio. Impossibile evitarlo.

Masood continuava a ripetere che quegli arresti non erano per colpa di Saber. Che non aveva parlato. Non l'avrebbe mai fatto.

"Se l'hanno ucciso è proprio perché non ha parlato!"

Lo diceva per convincersi, e io non lo contraddicevo. Non sapevo. Mi limitavo a cullare Aram fra le braccia, a cantare vecchie canzoni e a sussurrare "Andrà tutto bene. Andrà tutto bene". Per convincermi. In realtà morivo di paura, e non solo. Morivo anche di vergogna. Perché avremmo lasciato quel caos che avevamo contribuito a creare. Per Rozbeh e i suoi genitori. Per me, che non avevo princìpi, che non avevo avuto il fegato di lottare in quel maledetto interrogatorio.

E mi vergognavo a morte perché avrei lasciato mia madre, infliggendole la perdita di un'altra figlia, una guerra e una rivoluzione che le aveva rubato il paese in cui era nata. Mi vergognavo a morte e mi giustificavo dicendomi che avevo fatto tutto per Aram. "È per Aram." Molti di noi lo dissero dopo, molto dopo, quando tutto diventò difficile in un altro modo, quando non capivamo la lingua, quando ci chiamavano "beduini" e non sapevamo come difenderci dal freddo. "È per i nostri figli." Ma il nostro non era esattamente eroismo.

Il padre di Masood era l'unico a sapere che ce ne saremmo andati. Lui e suo fratello, che aveva messo i soldi. Non potevo certo starmene zitta.

"Perché tuo padre deve sapere tutto e mia madre no?"

Masood mi lanciò un'occhiata stanca.

"Ti prego, Nahid," rispose. "Non rendere le cose più difficili. È già terribile così. Terribile."

Ma io glielo volevo dire lo stesso, pensavo. Sarei andata a trovarla di nascosto. L'avrei abbracciata a lungo, raccontandole tutto. Raccomandandole di non preoccuparsi. Perché non si trattava di una perdita ma di una vittoria. Una vittoria per Aram, una vittoria per noi.

"Ce ne andiamo, per far sì che tu non possa perderci," le avrei detto. E lei avrebbe capito. Avrebbe ricambiato il mio abbraccio con altrettanto trasporto. Mi avrebbe perdonato per Noora e ringraziato perché ci saremmo presi cura di tutto, in modo che lei non avesse più alcuna preoccupazione.

Ma sapevo che non sarebbe mai andata così. Sapevo che si sarebbe gettata per terra, percuotendosi ripetutamente il viso e urlando contro Dio e i suoi dogmi fondamentalisti, "smettila una buona volta di portarmi via le figlie!". Avrebbe urlato e battuto i pugni, e sarebbero arrivati i vicini a fare domande. E lei avrebbe urlato le riposte, e qualcuno, in quei capannelli, sarebbe sgattaiolato via per andare a telefonare a chi di dovere, e non avrei fatto in tempo neppure a sollevare mia madre da terra che una camionetta si sarebbe fermata davanti a casa nostra. Ne sarebbero scesi i guardiani della rivoluzione e mi avrebbero portata via.

Sapevo che Masood aveva ragione. Ma ormai tutta la mia rabbia e il mio dolore avevano lui come bersaglio. Avevamo strappato Noora a mia madre e ora lui strappava mia madre a me. Non glielo avrei mai perdonato.

Eravamo in un campo profughi quando riuscii finalmente a trovare un telefono. Erano passate un bel po' di settimane dalla nostra fuga. E dall'ultima volta che mia madre aveva ricevuto mie notizie.

Il campo era un insieme di piccoli cottage, una specie di villaggio turistico, situato fuori da una cittadina dove non tornammo mai più. Era bello. Dovevo ammetterlo, anche se devastata dall'angoscia. Era bello il bosco. Avevo preso l'abitudine di sedermi su una panchina, con Aram in braccio. Le dicevo di guardare i pini svettanti, il muschio, i dossi di pietra. Le indicavo gli uccelli che cinguettavano e i cani al guinzaglio. La mettevo sull'altalena e la spingevo in alto, talmente in alto che quasi sfiorava i rami verdi che pendevano dal cielo. Lei gorgogliava e rideva felice. In quel bosco imparò a camminare e poi a correre. Aria e luce. Era ovvio, pensavo. Era ovvio che lì si stesse meglio. Me lo ripetevo ad alta voce, ma dentro di me non ci credevo.

Alla reception individuai un telefono provvisto di timer. Le chiamate si pagavano alla fine. All'epoca costava moltissimo telefonare in Iran, e noi di soldi ne avevamo pochi, così Masood mi si piazzò a fianco e mi avvertì di farla breve. Lo guardai chiedendomi come diavolo avrei fatto. Come avrei fatto a spiegare a mia madre che ero scappata dall'altra parte del mondo, che forse non ci saremmo mai più riviste? Come avrei potuto "farla breve"?

Occorse più di un tentativo prima di prendere la linea. Sembrava davvero che avessimo perso per sempre le nostre famiglie. Ma alla fine il telefono cominciò a squillare. Stringevo la cornetta così forte, mentre aspettavo di sentire la voce di mia madre, che l'addetta alla reception appoggiò la sua mano sulla mia e me la strinse.

"Hallo!"

Aveva un tono allarmato. Guardai Masood inquieta. Pensai che sarebbe stato più facile riattaccare. Non iniziare mai quella telefonata. Non averla mai iniziata.

"Mamma." Mi tremava la voce. Decisi di farla uscire. Di farla sgorgare dalle mie viscere.

"Mammaaaaa!"

La sentii piangere, singhiozzare, e i minuti scorrevano mentre piangevamo insieme al telefono. Masood aveva gli occhi puntati sul timer, lo sapevo, e pensai che forse quella era la sola cosa da fare. Piangere insieme al telefono. Forse è la sola cosa che si fa quando si sente la voce dell'altro al telefono. E solo questo abbiamo fatto.

Lanciai un'occhiata al timer e mi accorsi che erano passati tre minuti e ventisei secondi e non avevamo detto una parola. I miei occhi incrociarono quelli di Masood, vi lessi una muta richiesta di perdono, poi premette le dita sulla forcella. Il suono di mia madre scomparve.

"Va bene così. Lei sa già tutto, e lo sai anche tu."

Volevo dirgli che non bastava che suo padre glielo avesse detto. Io volevo darle delle spiegazioni. Volevo parlarne. Ma non mi uscì una sola parola. Piangevo e stringevo il telefono.

Masood stava accanto a me, incerto. Quando si è oppressi dalla sofferenza è così difficile immedesimarsi nel dolore altrui. Masood si allontanò e al suo posto arrivò l'addetta alla reception. In realtà era qualcosa di più. Era l'addetta alla nostra assistenza. Alle nostre anime devastate. La donna mi rimase accanto per qualche istante, ma nemmeno lei sapeva cosa fare. Cosa si fa in questi casi? Allora mi abbracciò. Io mi sciolsi nel suo ampio petto materno, lei mi strinse a sé e pianse a sua volta. Il suo corpo, le sue braccia che mi cullavano tremanti, mi fecero singhiozzare ancora più forte. Quella sensazione... La sensazione di essere racchiusa in un altro, in un corpo estraneo dopo aver perso i corpi che ci erano familiari. Che ci racchiudevano.

Sonja, così si chiamava. Scorrevano molte lacrime nel nostro campo profughi, e Sonja piangeva con tutti noi. Ci offriva conforto e consolazione a piene mani. Quanto vorrei ritrovarla. Quanto vorrei trovare una Sonja in questo momento della mia vita.

La mamma non mi ha mai perdonato di averla abbandonata. Avevo sperato che avrebbe capito, un giorno. Che avrebbe capito che dalla nostra fuga sarebbe derivato più bene che male. Ma lei non l'ha mai accettata. Secondo lei avremmo potuto semplicemente stare alla larga dalla politica e dalla rivoluzione. Nasconderci in qualche sperduto paesino di campagna e restarci finché si fossero calmate le acque. Quanto alla guerra, be', in ogni caso finì pochi anni dopo la nostra fuga. Nel frattempo avremmo potuto nasconderci. Avremmo potuto nascondere Masood, che così avrebbe evitato di andare in guerra. In tal caso saremmo potuti rientrare una volta tornata la pace.

"Se anche ci fossimo riusciti, mamma, se anche tutto quello che dici avesse funzionato, non avremmo comunque voluto vivere in una dittatura islamica," le dissi una volta al telefono. E di colpo la conversazione si interruppe. Sentii un forte ronzio, simile a quello che emetteva la televisione quando terminavano i programmi della serata. E poi, silenzio. Quando provai a richiamare, mi rispose solo una voce automatica che mi avvisava che quel numero non era più attivo. Fu solo un'interruzione temporanea, ma in quel momento pensai che l'avessero portata ancora una volta via da me.

Ci accorgevamo benissimo che loro ci ascoltavano.

Quello scatto che si sentiva ogni volta che qualcuno alzava il telefono. Rumori in sottofondo. Ogni tanto, voci. Ogni tanto andavano e venivano. Click click click click. Dovevo lottare con l'impulso di urlargli contro, di urlargli di lasciarci in pace. In fondo ci eravamo tolti dai piedi. Non eravamo più lì. Non avevamo più niente a che fare con loro. Ma non osavo, figuriamoci: mamma viveva ancora in Iran e io non volevo più causarle problemi. Ne avevo già fatte abbastanza, più di quanto chiunque avrebbe potuto sopportare nel corso di una vita.

E quando chiamo per dare finalmente una bella notizia, mi dicono che non posso parlare con lei. Che non è in grado di parlare. Che giace priva di conoscenza in un letto di ospedale e che forse non le parlerò mai più. Ma io glielo devo dire!, penso, immersa nella mia oscurità. Quelle parole riecheggiano dentro di me. Glielo devo dire. Glielo devo dire.

So dove mi trovo, anche se non ce la faccio neppure ad aprire gli occhi. Riconosco l'odore. Asettico e rivoltante nello stesso tempo. Ferite aperte, polmoni infettati, corpi in disfacimento. Cerco di muovere le labbra, per protestare. Per dire che voglio andare a casa. Ma le sento aride, secche. E non riesco a controllarle.

Aram mi prende la mano. Dev'essere rimasta tutto il tempo accanto a me, in attesa del più piccolo movimento.

"Mamma. Mamma, sono qui."

Smetto di provarci. Lascio che le mie palpebre riposino. Sparisco di nuovo.

Mi risveglio, le palpebre si aprono da sole. La stanza è buia. Vuota. Mi hanno collegata a un macchinario, a quanto pare la cosa è indispensabile. Beep beep. Segnali regolari. Faccio un profondo sospiro.

"Sono viva. Sono viva," mormoro, mentre cerco con la mano il pulsante rosso.

Premo forte, a lungo. Lo so che non fa nessuna differenza: il segnale arriva con la stessa intensità a prescindere dalla pressione sul pulsante. Ma premo forte, come se volessi chiamare la vita.

"Sono viva!" esplodo non appena l'infermiera entra nella stanza. È una tipa rotondetta, piuttosto anziana, simpatica. E ride.

"Che fortuna!"

Viene da me e mi prende la mano.

"Che bello che sia tornata fra noi, Nahid. Sua figlia è venuta qui ogni giorno, ad aspettare il suo risveglio."

Le stringo la mano con forza, tanto che rischio di farle male.

"Che cos'è successo? Che cosa ho avuto?"

"Ha avuto un attacco, Nahid."

Un attacco. Come mia madre.

"Vede, può succedere quando ci sono tumori diffusi."

Lo so. Lo so. Ma non voglio. Non voglio avere un attacco. Non voglio avere tumori.

"Devo assolutamente parlare con mia madre."

L'infermiera fa un cenno affermativo con la testa e cincischia con i tubi che mi hanno infilato nel braccio.

"Certo, certo. Presto sarà giorno."

Mi accorgo che non mi sta prendendo sul serio. Crede che stia delirando. Lo so anch'io che le persone in punto di morte possono comportarsi così. Gli anziani che avevo in cura al mio paese non facevano che chiamare a gran voce la mamma. Io mi sedevo in corridoio e di tanto in tanto ascoltavo. Una sinfonia di angoscia. Nell'ultimo istante di vita, tutti invocavano la propria madre.

"Sono sveglia, so quello che dico. La prego, mi passi il telefono. Devo assolutamente parlare con mia madre."

Lei mi fa una carezza sulla testa.

"È ancora notte fonda, cara."

"Lei non capisce. Io ho bisogno di parlare con mia madre. È urgente."

"Ma sì, ma sì," dice lei mentre raduna le sue cose. E poi se ne va.

Cerco di nuovo il pulsante rosso e premo fortissimo. Ma so già che l'infermiera non si farà più vedere, che mi tratta come io trattavo i miei pazienti. Le mie lacrime bagnano il cuscino, scuoto la testa con i piccoli movimenti che posso permettermi. Non sono vecchia! Tutti quei corpi indeboliti a cui ho prestato le mie cure nei loro ultimi attimi di vita. Vecchi di novanta e passa anni, alcuni addirittura cento. Perché non ho avuto di più dalla vita? Perché ho avuto così poco?

Sto per morire, penso. Sto per morire davvero.

"Perché non me ne hai parlato, mamma? Perché non mi hai detto niente?"

Seduta accanto a me, Aram mi accarezza la testa.

"Volevo cavarmela da sola," le rispondo. "Volevo fare tutto io."

"Non ce n'è bisogno, mamma. Ci sono qua io."

Vorrei dirle che ho cercato di proteggerla, ma non so se sia vero. Ho cercato di proteggere la bambina, questo sì. Mia nipote. Ho cercato di proteggere la mia immortalità. Me stessa.

"Vedrai che sparirà di nuovo," le dico. "Come è sparito l'altra volta. Sparirà di nuovo."

Aram siede leggermente inclinata all'indietro, con le mani sulla pancia. È enorme. Glielo dico e lei ride. Sempre con quella sua nuova dolcezza. Glielo leggo negli occhi che è felice. Che vive come in una bolla, dove non c'è posto per me. Una bolla di dolcezza, pace e felicità, fatta a misura della sua bambina. Io sono qualcuno di cui si deve prendere cura per poter tornare nel suo mondo. Mi viene da pensare che non sentirà la mia mancanza quando non ci sarò più. Avrà altro a cui pensare, qualcosa, anzi qualcuno, di gran lunga migliore di quanto io sia mai stata. Questa bambina prenderà il mio posto nella vita di Aram, e lei penserà che tutto sommato è uno scambio equo. Penserà che se il prezzo per avere una figlia dev'essere la morte di sua madre, ebbene, che sia. Ecco cosa penserà. E magari un giorno lo dirà a qualcuno. Penso: In fondo l'arrivo della bambina non è stata questa gran cosa. Penso: Questa bambina mi farà morire tutta sola. Morirò ancora più sola di quanto non sia stata da viva.

Telefono alle mie sorelle tutti i giorni. Mi informano sulle condizioni di salute della mamma, ma so che non mi dicono la verità. Dicono che è ancora ricoverata. Che adesso è cosciente. Che le permettono di ricevere visite solo per pochi minuti al giorno. Che non ha accesso al telefono.

"Va bene, ma non puoi dirglielo tu, Maryam? Non puoi dirle che Aram avrà una figlia?"

"Non vorremmo che una notizia del genere le provocasse uno shock emotivo, ecco. I medici dicono che le sarebbe fatale. Lo sai, no, Nahid? Lo sai che non le farebbe bene."

Ho voglia di urlare, ma mi trattengo. Di questo sono orgogliosa, della mia capacità di fare un passo indietro. Tengono la mamma lontana da me, ma in fondo me lo merito. Sono stata io a fuggire, ad abbandonare lei e le mie sorelle. I diritti che avevo mi sono stati già concessi tutti. Così continuo a telefonare, più volte al giorno. Per cercare di capire dal loro tono di voce se c'è qualche novità. Ma sono consapevole che potrebbe anche essere morta. Che mamma sia già volata via. Non me lo direbbero, non ora. Che differenza farebbe? Se aspettano abbastanza a lungo, non sarà più neppure necessario.

Christina ha di nuovo intenzione di sospendere la chemio. Il mio attacco l'ha spaventata. Pensano tutti che mi sia indebolita. Che la terapia possa stroncarmi definitivamente.

Sperano di poter eliminare le masse tumorali più consistenti, quelle che le radiazioni riescono a colpire. Ma sappiamo tutti che neanche questo riuscirà a salvarmi.

Aram ci spera, nella radioterapia. Ci crede.

"Devi farla, mamma. Devi fare tutto il possibile," mi esorta, dopo essersi consultata con i medici.

"Se le radiazioni avessero potuto spazzare via i tumori, le avrebbero effettuate fin dall'inizio. Non servono a niente."

"Non puoi mollare, mamma. Hai capito? Non puoi mollare proprio adesso. Devi dare ai medici la possibilità di provare la radioterapia. Non devi smettere proprio adesso."

Mi domando se davvero vuole che io resti con lei. O se sta parlando tanto per dire. Tanto per dire quel che bisogna dire.

Ripenso spesso alla nostra fuga. Chiedendomi se sia stata la cosa giusta da fare. Giusta o sbagliata: diventa sempre più difficile stabilirlo man mano che gli anni passano e tutto si fa confuso e complicato. A volte mi chiedo se giusto e sbagliato siano davvero l'uno l'opposto dell'altro, o se non siano solo due modi diversi per dire la stessa cosa.

A metterla in termini di vita e di morte, la nostra fuga potrebbe in effetti essere considerata giusta. In fondo è semplice. Siamo fuggiti dalle persecuzioni politiche e da una guerra. Si poteva ipotizzare che la nostra migliore chance di sopravvivenza fosse appunto la fuga. E infatti siamo sopravvissuti. Per trent'anni siamo sopravvissuti.

Ma le sorelle e i fratelli, le cugine e i cugini, miei e di Masood, che invece sono rimasti in Iran, sono ancora vivi, tutti, così come lo erano quando noi scappammo. Quelli che non sono morti nel 1984, sono ancora vivi. Mentre Masood è morto. E io sto per morire.

Perché il cuore di Masood si è fermato? Perché il cancro si è preso il mio corpo? È lecito chiederselo. Ma al tempo stesso, come hanno potuto i nostri cuori battere così a lungo? Come hanno fatto i nostri corpi a reggere tutto quel che è successo dal giorno in cui salimmo sull'aereo con i passaporti falsi?

Guardo il telegiornale. Tutti quei profughi che attraversano il mare. Penso a come è cambiato il mondo. All'epoca della nostra fuga, il problema più grande era come saremmo riusciti a lasciare il paese. Ma una volta capito questo, non abbiamo dovuto fare altro che comprare i biglietti per l'aereo. E poi volare verso la libertà. Queste persone, invece. Lottano con le unghie e con i denti per arrivare qui, chilometro dopo chilometro. E quelli che ce la fanno, pensano di avercela fatta per sempre. A loro vorrei dire che questo è solo l'inizio. Che la fuga ti contamina il sangue, e attraverso il sangue infetta tuo figlio che non è ancora nato, e come un tumore, l'infezione si diffonde sempre di più col passare del tempo. Quando credi di aver superato il trauma di aver perso ciò che hai perso... ecco, non è vero, non hai superato un bel niente. Tutto è ancora dov'era. Perfino il destino a cui sei scampato, da cui sei fuggito. Perfino la tua maledetta, dolorosissima morte è ancora con te. È ancora dov'era. Vaga dall'uno all'altro dei tuoi incubi notturni. Nei tuoi ricordi. Nel ricordo delle persone che hai perduto. Ciò che hai abbandonato vive insieme a te con la stessa forza della strana nuova vita a cui stai cercando di adattarti. Non sparirà mai! Tutto resta, e tutto passa alle generazioni future.

Alla fine decido di fare la radioterapia. C'è una massa di grosse dimensioni nel fegato che vorrebbero eliminare.

Scoppio a ridere quando Christina me lo dice.

"Se la massa è nel fegato, non c'è più niente da fare. Può davvero salvarmi, la vostra radioterapia?"

La dottoressa, di fronte a me ai piedi del letto, scuote la testa.

"Nahid, non le sto promettendo che si salverà. Non posso prometterle nulla. Però riteniamo che la radioterapia possa contribuire a eliminare il tumore. Tutto qui."

Abbassa lo sguardo sulle sue carte. Restiamo entrambe in silenzio per un po'. Poi Christina allunga la mano sul mio piede e lo stringe.

"Se non riusciamo a eliminare questo tumore, Nahid, è finita. Facciamola, la radioterapia."

Dopodiché si gira e se ne va.

Fra poco saranno due anni. Da quando mi hanno pronosticato sei mesi di vita. Da quando mi hanno detto che sarei morta a breve. È come una nebbia, questa volta. Una nebbia di paramedici. Una nebbia di porte d'ospedale. Porte che attraverso. Distesa su una barella. Porte aperte dal medico. Terapie, risultati delle analisi, collasso. Il catino per vomitare accanto al divano di casa mia e cartoni su cartoni di alimenti sostitutivi in pronta consegna. Ormai hanno formato una torre, lì nell'ingresso. Non ho la forza di trascinarli all'interno dell'appartamento. Non ho la forza di mangiare, non ho la forza di bere. Una nebbia di telefonate da numeri sconosciuti. Il dottore, l'assistente sociale, la dietologa. La dietologa. Ridicolo.

"Lei mi sarebbe servita di più quando stavo bene," le dissi la prima volta. "Che cosa può fare per me adesso?"

Continuò comunque a telefonarmi. Come tutti gli altri specialisti. La prima che scartai fu la dietologa. Poi toccò all'assistente sociale. Christina chiamava più del necessario. Più di quanto ci si aspettasse. Perciò scelsi di parlare con lei. Diventò la mia Sonja, la mia dietologa, la mia assistente sociale e la mia dottoressa, tutto insieme. Una nebbia di telefonate che iniziavano con le parole:

"Buongiorno Nahid, sono Christina. Come sta oggi?".

"Come sta oggi?" Nessuna novità. Ho il cancro. Mi sta mangiando viva. Mi ucciderà. Nebbia, tutto è nebbia, a parte quella Festa di mezza estate dove ogni cosa era luce e vita. Siamo riuscite a costruirci un bel ricordo, almeno quello. Dopo tutti gli anni trascorsi sull'arcipelago, siamo finalmente riuscite a costruirci un bel ricordo. Bello e basta.

Mi dico che devo fare di tutto per diventare nonna. Per riuscire a vederla. Devo fare in tempo a dirle che è nata libera. Che le sue radici sono qui. Che suo nonno è sepolto qui, perciò questa è la sua terra. Che anche se non saremo accanto a lei, siamo stati noi a renderla libera. A costruire le sue radici. Noi, Masood e io. Questo le voglio dire.

Allora suono il campanello, e quando arriva l'infermiera le dico:

"Ho deciso che voglio vivere".

Lei mi guarda con la testa leggermente reclinata. Probabilmente si chiede se sto avendo delle allucinazioni o se sto solo farneticando.

"Sto dicendo che voglio iniziare la radioterapia. Prima possibile!"

Lei annuisce. Mi sistema la coperta.

"Riferirò alla dottoressa, a Christina," dice. Mi sembra che voglia aggiungere qualcosa. Assicurarsi che non mi faccia troppe illusioni. Non voglio ascoltarla, così chiudo gli occhi. Faccio finta di dormire. Lei rimane lì. Cambia l'acqua ai miei fiori. Getta via le bottiglie di succo di frutta e pulisce il mio tavolo. Non è il suo lavoro. Sta facendo tutto questo perché le dispiace per me. Lo so. Lo sta facendo perché sa bene che la radioterapia non farà una grande differenza. Potrà solo farmi guadagnare qualche giorno, qualche settimana, qualche mese. Ma non voglio la compassione dell'infermiera. Tutto ciò di cui ho bisogno, ne sono sicura, è solo un po' di tempo in più. Ho bisogno solo di esserci quando nascerà la bambina.

Mi trattengono in ospedale in attesa di iniziare la nuova terapia.

"Voglio che stia qui per tenerla sotto controllo," dice Christina.

"Ma sto qui da settimane!" protesto. Voglio andare a casa, davvero. Ma poi mi rendo conto che non ho idea di quanto tempo io abbia realmente trascorso in ospedale. Non ho idea di che giorno sia. Faccio uno sforzo, ma non mi ricordo neppure in che mese siamo. Quello che mi ricordo è che il parto dovrebbe avvenire a gennaio. Dunque è già passato Natale?

Lo chiedo a Christina, la vedo preoccupata. Comincia a farmi un sacco di domande.

"Lo sa in che paese si trova, Nahid?"

"Christina, non soffro mica di demenza senile! Sono in Svezia, che diamine!"

"Si ricorda in che città è nata?"

Sto per dire Stoccolma, ma il nome suona fuori luogo già nella mia testa. Cerco di ricordare, ma qualcosa mi blocca. C'è come un muro fra me e i miei pensieri.

"Certo che lo so," rispondo distogliendo lo sguardo.

"Nahid, come si chiama sua figlia?"

Guardo fissa nel vuoto. Sento le pareti diventare sempre

più spesse. Dalla mia parte del muro non c'è niente. Niente. È come un buco nero.

Incrocio lo sguardo di Christina, e capisco tutto prima che lei apra bocca. Prima che mi mettano sulla barella e mi portino di corsa in radiologia per infilarmi in quella macchina enorme, dove mi prende subito un attacco di claustrofobia. E comincio a gridare, senza sosta, finché non mi tirano fuori e provano a calmarmi, prima di riprovare.

Il cancro ha invaso il cervello. Ha messo su casa fra i miei ricordi. Fra i miei pensieri, proprio di fronte ai miei occhi. Si è piazzato come un muro fra me e ciò che voglio dire. Che volevo dire prima di sparire. Ciò che voglio vedere, l'unica cosa che volevo vedere. Mi sto dileguando, prima ancora di morire.

"Quanto manca a gennaio?"

È la mia unica domanda.

"Solo poche settimane, Nahid," risponde Christina.

"Ci sarò ancora? Sarò ancora viva a gennaio?"

"Non lo so, Nahid."

Mi fa una carezza sui capelli. Siede vicino a me, ma la sua immagine è sfocata, come una foto sbiadita. Aguzzo la vista per mettere a fuoco i contorni del suo viso.

"Mi aiuti ad arrivare a gennaio. La prego. Mi faccia arrivare a gennaio."

Nella mia nebbia vedo il suo viso restringersi. Si sta allontanando.

"Christina, la prego, non mi faccia questo. La prego. Io devo diventare nonna. Mi faccia diventare nonna."

Sta piangendo. Non riesco a vederla, ma a sentirla sì.

"Non è giusto," mormoro. "Non è giusto."

La mattina dopo chiedo all'infermiera di aiutarmi a mettermi seduta sul letto, e di portarmi una tazza di caffè. Ho bisogno di qualcosa che mi dia energia. Che mi aiuti a farmi strada nella nebbia. Voglio la tequila. Non so cosa darei per uno shot di tequila e una sigaretta. Ma la mia nebbia non può reggere né l'uno né l'altra. Mi colpisce la consapevolezza che non ci saranno più shot di tequila né sigarette per me, e per un attimo mi sento mancare. Non per l'importanza che hanno in sé, ma perché si aggiungono alla lista delle cose che non potrò più fare. Che mi sono state sottratte. Che per gli altri sono banali o scontate, ma che a me saranno precluse per sempre.

Devo fare due telefonate. Due telefonate di cui devo occuparmi finché ne ho la forza e la lucidità: una a mia madre e una a mia figlia. Di tutto il resto può occuparsi chiunque altro. Prendo il telefono e lo tengo in mano per qualche istante prima di decidere chi chiamare per prima. Vado in stallo, e torno in me solo quando, poco dopo, arriva l'infermiera con la tazza di caffè. E finalmente mi ricordo che cosa devo fare.

Telefono prima a Maryam. Sembra logico, naturale, sistemare le cose in sospeso con il passato prima di muoversi verso il futuro.

Risponde dopo pochi squilli. La cosa mi sorprende. Ultimamente non hanno fatto altro che cercare di scansare le mie chiamate, la mia tormentosa insistenza nel voler parlare con la mamma.

"Nahid, *salam*!" La sua voce è stridula. "Nahid, come stai, *aziz*? Sei ancora in ospedale? Quando cominciano la terapia? Qui non c'è niente di nuovo, Nahid, stai tranquilla. Pensa a te, ad Aram, alla bambina. Arriverà presto la bambina, Nahid!"

Le sento le sue parole, certo. Ma a colpirmi sono il tono della voce e i rumori di sottofondo, il respiro corto, affannoso, la tensione che vibra fra una sillaba e l'altra.

"Maryam, voglio parlare con la mamma," dico soltanto. "Voglio parlare con la mamma."

Ho pronunciato queste parole tante volte. Tante, nel giro di breve tempo, ma mia madre l'hanno sempre tenuta lontana da me. "Ho una bellissima notizia!" ho gridato ogni volta. "Vi prego, voglio parlare con la mamma per renderla felice!" Ma non sono stata accontentata.

Non mi hanno lasciato parlare con la mamma da quando ha avuto l'attacco, e adesso sento tutto. Sento e capisco tutto, nonostante la nebbia. Nonostante le ragioni per cui ho telefonato. So tutto, e se il mio cuore avesse la bocca, ne uscirebbero ululati di dolore.

"Maryam, voglio mia madre. Ti prego, voglio mia madre!"

I miei singhiozzi sovrastano le sue parole. Non le voglio sentire, le sue parole. Ma alla fine non ho più fiato né forza, e lei lo dice ancora.

"*Nahid Joon*, cuore mio. Mamma se n'è andata, tesoro. Piccola mia. Mamma se n'è andata, cuore mio. Mamma non c'è più."

Non dovrebbe fare così male perdere la propria madre quando si sta per morire. Quando si sa che quel senso di perdita non durerà a lungo. Che è solo un dolore temporaneo.

Invece fa male eccome. Lascio cadere il telefono a terra e mi inabisso sotto le coperte. Torno nella mia nebbia. Non so quanto tempo sono stata via, ma sento voci che vanno e vengono e a quelle voci voglio dire che mia madre è morta. "Vi prego, abbracciatemi, mia madre è morta!" Ma loro scambiano i miei flebili mormorii per allucinazioni. Alzo un braccio in aria cercando di afferrare qualcuno, chiunque sia. Cercando di dire che ci sono ancora.

Aram vuole che mi trasferisca da loro. È nella mia stanza di ospedale, sta parlando con Christina. La sua voce potrebbe sembrare ferma e decisa, ma dentro ci avverto solo panico.

"Non ho alcun problema a prendermi cura di mia madre. Ci occuperemo di tutto il necessario."

La dottoressa tenta di protestare.

"Bisogna far fronte a tante cose. Morfina, medicine, tutti gli aspetti pratici. Sua madre non riesce a camminare da sola, la sua vista è molto debole... per non parlare delle allucinazioni. Non potranno che peggiorare man mano che il tumore premerà sul cervello. Una situazione del genere può essere davvero pesante."

Aram la ascolta con le braccia appoggiate sui fianchi. È tutto quel che riesco a vedere. Una sagoma scura con una pancia enorme e le mani sui fianchi. Sembra un troll arrabbiato, il personaggio di una favola.

"Si tratta di mia madre, Christina."

La voce le si incrina e per un istante rimangono entrambe in silenzio. Mi ricordo che ha detto queste stesse parole la prima volta che mi hanno ricoverato qui. A separarle, il peso della colpa e della vergogna. Perché non hai salvato mia madre? Te l'avevo detto che era mia madre, come puoi portarmela via?

"Chiamo l'assistenza domiciliare," dice Christina prima di lasciare la stanza.

Sollevo la mano per attirare l'attenzione di Aram.

"Riportami a casa. Voglio stare a casa mia."

Mi sforzo di parlare con chiarezza e lei capisce. Mi prende la mano e mi dà un bacio sulla fronte.

"Lo so che è questo che vuoi, mamma. Lo so. Ma non puoi."

Le sue labbra indugiano sulla mia pelle. Sento le sue lacrime calde e umide. Vorrei chiederle perché non posso. Perché sta piangendo. Vorrei chiederle: cosa mi sta succedendo? Non ricordo.

Ma per oggi di parole non ne ho più. Non riesco a trovarle né ad articolarle nella mia bocca.

Vengono a prendermi i paramedici. Mi sollevano sulla barella e mi trasportano per tutto l'ospedale fino all'ingresso del pronto soccorso. Mi viene voglia di fare una battuta. Di dire che è surreale essere portati a casa in ambulanza, quando la tua vera destinazione finale è da tutt'altra parte. Questo vorrei dire. Ma le luci sono troppo forti, i macchinari fanno troppo rumore e, invece di parlare, chiudo gli occhi.

Li riapro quando mi infilano nell'ambulanza.

"Fra poco è il mio compleanno."

Sono io a dirlo.

"Sto per compiere cinquant'anni. Sono diventata proprio vecchia. Venite alla mia festa. Dovete venire alla mia festa."

Non penso che mi abbiano sentita. Non so nemmeno se ho pronunciato davvero quelle parole. Provo a ripeterle, ma non ci sono più.

Una volta, mia madre e io andammo insieme al cimitero, nell'area dove erano sepolti i prigionieri politici. Alle persone giustiziate non era concesso il funerale. Venivano solo seppellite. Ad alcune famiglie arrivava una comunicazione ufficiale. Altre riuscivano a sapere perfino dove si trovavano i corpi dei loro figli. Altre ancora, come la mia, potevano solo fare supposizioni. Noi supponemmo che lei si trovasse in quell'area. Che riposasse lì. Un corpo di quattordici anni, un corpo che non avrebbe dovuto riposare da nessuna parte. Che non era destinato a riposare.

Mia madre non aveva parlato molto, dopo quella notte. Si era recata al carcere. Ce lo aveva detto qualche tempo dopo. Sapeva che avremmo voluto andarci al posto suo, ma temeva che avrebbero arrestato anche noi. Si era recata al carcere per chiedere se sua figlia fosse lì, ma le avevano risposto che non c'era. Quando si era voltata per andarsene, la guardia l'aveva apostrofata ad alta voce:

"Che vergogna, *khanom*. Che razza di madre è una che non sa dove si trova sua figlia, che va a cercarla bussando alla porta di una prigione?".

Mia madre si era diretta verso di lui, gli si era piazzata davanti e lo aveva fissato dritto negli occhi. Poi gli aveva sputato in faccia.

Sapeva benissimo che avrebbero potuto arrestarla su due piedi. Fu un miracolo se non lo fecero.

Ma la guardia aveva abbassato lo sguardo. Era un ragazzino poco più grande di Noora. Aveva abbassato lo sguardo, mia madre aveva stretto la borsetta e si era allontanata rapidamente.

E poi, due settimane e quattro giorni dopo che la nostra Noora era scomparsa, mentre facevamo colazione, mi versò il tè nel bicchiere e mi disse con calma: "Oggi vado a trovare Noora".

Masood la guardò incredulo e addolorato. "Madre, sai qualcosa?"

Mamma allungò il braccio per prendere il formaggio.

"So che la mia bambina ci ha lasciati. Lo sa il mio cuore."

Masood fece per protestare, ma lei con un gesto della mano gli intimò di tacere.

"Oggi andiamo al cimitero," disse con calma e fermezza.

Masood si girò verso di me, ma io non ce la feci a incontrare il suo sguardo. Allora si alzò, si mise la giacca e uscì sbattendo la porta. Mamma non batté ciglio. Rimase seduta dov'era. Con la schiena dritta. Le mani in grembo. Il cappotto e la sciarpa sulla sedia. Le scarpe tirate a lucido vicino alla parete e la borsetta accanto. Era pronta. Non capivo come avesse fatto, ma era pronta.

Le sorrisi. Feci uno sforzo sovrumano per riuscirci, ma sorrisi. Sorrisi e dissi: "Faremo come vuoi tu, mamma".

Allora ci vestimmo, indossammo i nostri abiti più belli, ci prendemmo per mano e ci dirigemmo verso l'autobus. Avrei voluto gettarmi a terra e non muovermi mai più. Ma tenevo la mamma per mano. Sorridevo quando mi guardava e per tutto il tragitto in autobus restammo così, mano nella mano. Nell'altra teneva un mazzo di garofani. Doveva averli comprati il giorno prima, dimenticandosi di metterli nell'acqua. Ora giacevano flosci sulle sue ginocchia. Ricordo di aver pensato: Non è così che doveva finire. È sbagliato. Ma che altro potevamo fare?

Il cimitero era enorme e la nostra passeggiata lunga. Mi accorsi che mamma zoppicava, i reumatismi non le davano tregua. Ciononostante mantenne la stessa espressione, dritta come un fuso, il viso impassibile. Una volta raggiunte le tombe senza nome dei giustiziati, si accasciò a terra. Come se il suo corpo fosse stato sul punto di crollare per tutto il tragitto e ora potesse finalmente concederselo.

Cadde sulle ginocchia e si chinò sulla sabbia gialla. E io accanto a lei. La sentii sussurrare e baciare il terreno, ancora e ancora. Quanto a me, l'unica cosa che riuscii a fare fu prendere una manciata di sabbia e osservarla scorrermi fra le dita prima di ricadere a terra.

Vedo mia madre. È qui nella mia stanza, con le braccia piene di garofani appassiti. È venuta a trovarmi, è venuta a dirmi addio. La vedo dirigersi verso di me, con il cappotto nero addosso e il velo sui capelli. Vedo la serenità sul suo viso e la mano che stringe la borsetta. Cade in ginocchio accanto a me. Bacia il pavimento.

"Come hai fatto a venire qui, mamma? Chi ti ha fatto entrare? Come sei venuta qui, mamma? Credevo che te ne fossi andata. Credevo che fosse finita. Mamma, devo dirti una cosa. Ascolta, mamma."

Qualcuno posa una mano fredda sulla mia fronte. Mi fa segno di tacere. Canta dolcemente. La vista mi si offusca, i contorni di mia madre sbiadiscono a poco a poco.

"Non lasciarmi, mamma. Resta qui, ho bisogno di te. Rimedierò a tutto! Restituirò tutto ciò che ho preso, te lo prometto!"

Ma lei non c'è più. Ha lasciato i garofani. Marroni, marci.

Lo sento nella testa, quel clic che preannuncia il ritorno della lucidità. È una specie di schiocco, come quando uno apre un barattolo di maionese per la prima volta. Come un sigillo spezzato.

Sento il clic e apro gli occhi. Fuori dalle grandi finestre è buio e soffia il vento. I rami degli alberi urtano contro i vetri. Le luci all'interno sono fioche. Sul davanzale della finestra c'è un candelabro dell'avvento, e nell'angolo un albero di Natale tutto illuminato. Dallo stereo arrivano note di musica classica a basso volume e percepisco delle voci distanti. C'è profumo di carne arrostita e gratin di patate. Per un attimo penso che è tutto frutto della mia immaginazione, ma è inequivocabile. Il clic. La lucidità.

"Aram."

Ho la voce rauca e gracchiante, mi schiarisco la gola.

"Aram!"

Le voci tacciono, ma non arriva nessuno. Come se aspettassero di risentire quel richiamo. Come se temessero di esserselo solo immaginato.

"Aram!" Ora la chiamo con voce limpida e forte. La sento fare un balzo e mollare ciò che ha in mano. Arriva di corsa, si ferma sulla soglia del soggiorno e mi guarda.

"*Salam madar*," le dico. Ciao amore.

Lei resta in piedi sulla soglia, le mani appoggiate sui lombi, e mi guarda con gli occhi sgranati. È come circondata da un'aura. Da una luce che emana dal suo viso, dai capelli splendenti, raccolti in una coda di cavallo. Da un punto alle sue spalle. Ha l'aspetto di un angelo, di come io immagino sia un angelo. Penso che siamo vicine, la bambina e io. Io vicina alla morte e lei vicina alla vita, e ciascuna di noi, dal suo punto di partenza, presto attraverserà quell'impercettibile linea. Tutto sommato ci troviamo nello stesso posto. Mi sento al sicuro, in questo pensiero. Per la prima volta da tempo, penso che non sono sola. Che non morirò da sola. Che ci incontreremo e ci terremo per mano. E poi l'una spingerà dolcemente l'altra al di là della linea.

Aram vuole la mia lucidità, io, invece, la voglio tenere per me. Vuole risposte alle sue domande. Parole con le quali vivere. Ma io desidero solo pace e tranquillità. Starmene qui distesa, con gli occhi aperti, a guardare i movimenti dei rami fuori dalla finestra e a sentirmene parte. A sentirmi parte della vita.

Si siede sull'orlo del divano e per prima cosa dice:

"Ti sei persa Natale, mamma".

Mi fa montare dentro un'ondata di buio, questa frase. Mi fa arrabbiare. Chi se ne importa del Natale? Chi se ne importa se mi sono persa questo Natale, visto che perderò tutti gli altri che verranno?

"Ci sei mancata," dice. Ci siamo. Ecco che cosa mi fa arrabbiare. Che lei avrebbe voluto avermi a Natale per lei. Vuole vivere un ultimo Natale, vuole un'immagine interiore di me nei loro futuri Natale.

"Ho un regalo per te."

Lo dice con voce ferma. Come se volesse convincere entrambe che sia giusto. Che farmi un regalo di Natale sia la cosa giusta da fare, la cosa di cui riempire i nostri ultimi momenti insieme.

Il suo gesto mi rende felice. È una sensazione strana, che

nasce nello stomaco e risale su per la gola fino a raggiungere le mie labbra. So che sorrido solo con la bocca. Il resto del mio viso è rigido. Gli occhi congelati in uno sguardo strabico.

Aram prende un grosso pacco e io, con uno slancio delle braccia, lo afferro e lo attiro verso di me. Sento che lei sostiene il pacco all'altra estremità, non le va che pesi interamente sul mio petto. Sento anche che stiamo cercando entrambe di trattenere questo istante.

"Spero che ti piaccia, e che tu possa... usarla."

Non sa quando mi sveglierò la prossima volta. Se mi sveglierò. Non sa se la mia lucidità si dissolverà nell'universo, per sparire nel mare dei ricordi e delle speranze perdute. Non sa se questo sia il mio ultimo respiro. Sa che non voglio parlare. Che non le voglio dare ciò di cui ha bisogno. Parole che la consolino. Carezze che curino le sue ferite, che possa portarsi nel cuore per il resto della vita. E allora è lei a dare qualcosa a me, qualcosa di cui non ho assolutamente bisogno e che di certo non userò, e questo ci rende più felici di quanto non ci aspettassimo. Più felici di quanto avremmo mai pensato di essere.

Strappa la carta della confezione e la scatola che contiene il regalo. Veloce, velocissima, come se avesse fretta. Aguzzo gli occhi, ma non riesco a vedere. Me lo dice lei che cos'è. Una borsa costosa, di quelle che ho sempre desiderato avere, ma che credevo non fossero state create per una donna come me. È una borsa costosa, e io sono marxista, o almeno lo sono stata, il che mi dà la sensazione di valere qualcosa. Più di quanto io stessa non creda.

Quello che vedo bene è il colore. Rosso, forse solo in parte, non so. Sollevo la borsa e prendo Aram per mano.

"Si abbina ai miei stivali rossi," dico. "Posso portarli insieme."

Lei mi stringe forte la mano.

"Ottima idea, mamma," dice. "Faremo una bella passeggiata, io e te, con la borsa e gli stivali rossi."

Sollevo lo sguardo e la vedo. Per pochi secondi la vedo con chiarezza. La sua espressione è ferma come la voce. Non pensa di cedere neanche per un secondo. Pensa di tenermi in vita. Fino a quando ne avremo entrambe bisogno.

Sento le voci di Aram e Johan in lontananza, e la cosa mi disturba. Mi hanno trasferita in camera e sistemata nel letto. Non ho idea di dove dormano loro due, adesso. Li sento uscire dalla stanza e chiudere la porta, e poi tornare con voci eccitate e buste fruscianti. Li sento montare la culla in soggiorno. Sento le risate trattenute, i passi leggeri. Sento che Aram si siede sul tappeto e si inclina su un fianco, respirando a fatica, mentre lui continua a trafficare. Li sento svolazzare fra progetti e sogni, avidi di futuro. Stanno cercando un nido nella loro casa e nei loro cuori. Si stanno costruendo un futuro con le loro mani. Io, invece, sono qui. Di tanto in tanto, Aram si affaccia alla porta per vedere come sto. Spesso, in effetti. Però sembra di tanto in tanto. Si accerta che prenda le medicine, mi umetta le labbra con ovatta bagnata, mi accarezza i capelli. Attraversa la soglia della stanza, e passa dalla vita alla morte. Da ciò che presto sparirà, a ciò che arriverà da un momento all'altro.

Non riesco a parlare. Non riesco a dire quel che sento, e sento tante cose. Sento che è sbagliato. Sento che dovrebbe stare seduta sul letto accanto a me, tenermi la mano e dirmi addio. Dovrebbe stare al mio fianco, in questa attesa obbligata che sta risucchiando tutto il mio mondo. Il nuovo può attendere. Il resto. Il resto ci sarà ancora, sarò io a sparire.

Sento che quello che fa è sbagliato. Vorrei che non fosse incinta. Che fosse tutta per me. Che potesse convogliare tutta la sua attenzione su di me. Che capisse che l'ho messa al mondo per me, per evitare di restare sola, per evitare di giacere in questo letto, sola. Lei me lo deve. Ha l'obbligo di proteggermi dalla solitudine. "Tu mi hai tradito!" vorrei urlare quando la sento piegare con cura i vestiti per la neonata e riporli nel cassetto. "Te ne pentirai."

Un team di medici viene a visitarmi ogni giorno. Forse più volte al giorno, non lo so. Mi accorgo del loro arrivo dall'odore. Un odore che non trovo sgradevole, anzi, mi è familiare. Sa di casa. Dopo tutte le ore che ho passato in ospedali, case di cura, pronto soccorso. Dopo tutte le mie ore in camice bianco trascorse a curare gli altri. Di tanto in tanto mi sembra di vedere me stessa venirmi incontro. In bianco, con i capelli raccolti in una crocchia e le labbra di un rosso luminoso. Vedo una donna che prende una spazzola e me la passa fra i capelli con movimenti lenti. Poi tira fuori uno sgabello, si siede ed estrae uno smalto rosa dalla tasca. Me lo stende con cura sulle unghie, mentre canta una delle mie canzoni. Come ho sempre fatto con i miei pazienti. Vedo me stessa venirmi incontro, e canto. Canto sempre. Vorrei essere stata la mia infermiera. Vorrei poter cantare le mie canzoni. A sprazzi riesco però a capire che non sono io, è lei. In pochi, fuggevoli attimi, la vedo con chiarezza. Vedo Aram seduta con le mie mani sulle sue ginocchia mettermi lo smalto sulle unghie, mentre canta. Canta sempre.

Non sento nessuna canzone. Avverto l'odore venirmi incontro e subito dopo i medici chini su di me. Mi visitano rapidamente e senza delicatezza. Non riesco a dire niente, non riesco a pregarli di smettere. Mi infilano degli aghi con dei tubi nelle braccia e mi mettono la maschera per l'ossigeno sul naso. Sono più numerosi del solito, lo percepisco dallo stretto contatto fra i loro corpi. Si muovono veloci, urtandosi a vicenda. Poi di colpo spariscono tutti, ed è allora che capisco. È allora che sento il mio respiro affievolirsi sempre di più. Ogni respiro si spinge fino all'orlo dei miei polmoni e poi non trova la via d'uscita. Rantola e sibila dentro di me, facendomi sentire intrappolata. Intrappolata dentro di me e incapace di trovare una via d'uscita.

Quando i medici ritornano, mi trasferiscono subito su una barella. Cerco di muovere la testa, di individuare la sagoma di Aram. Ma so che non è nella stanza, che non è fuori dalla porta, che qualcosa non gira per il verso giusto. Sono in tanti, intralciano il mio campo visivo e vorrei scacciarli con le mani, ma non ho il controllo di nulla. Non riesco a sollevare il braccio, né ad aprire gli occhi abbastanza perché qualcuno si accorga che sono cosciente. Mi spingono sulla barella fino all'anticamera, dove finalmente la sento. Sta gemendo. I medici si fermano un istante mentre la superiamo. È seduta.

Con le mani posate sulla pancia, ed è tutto quel che riesco a vedere. Si allunga per prendermi la mano. La stringe con tale forza e affetto che sento la vita stessa scorrere fra noi.

"Ci siamo, mamma. Ci siamo."

La sua voce è stremata. Vorrei saperne di più, capire che cosa sta succedendo. Ma lei si piega in due trattenendo un urlo, poi quel momento passa. Mi spingono fuori dall'appartamento e io chiudo gli occhi.

"Ci siamo." Quelle parole continuano a ronzarmi nella testa, a girare in un vortice per tutto il mio corpo. "Ci siamo."

Sono sedute sul letto accanto a me. Mia madre, vestita con l'abito nero che indossava il giorno della nostra visita al cimitero. Tiene le mani appoggiate in grembo, si dondola avanti e indietro, come quella volta che tornai a casa e lei capì al volo che era Noora quella che avevano preso. Maryam, con la testa china in avanti. Le folte ciglia proiettano lunghe ombre sul suo viso. Ha una matita dietro l'orecchio. I capelli mogano le scendono morbidi sulle spalle. Quanto è bella! So che ha un livido blu ben impresso su una guancia. Perciò sta a capo chino. Alle loro spalle, alle spalle di Maryam e mia madre, c'è Noora. Con le trecce e il berretto in testa. Gli occhiali spessi e il sorriso gioioso. Quattordici anni. L'unica che mi guarda. Dritto negli occhi. Migliaia di parole. Tutte le parole che desidero dirle da quel giorno.

Avverto il solito odore e capisco che mi trovo di nuovo in ospedale. Si muovono, i corpi. Fanno pressione su di me, mi infilano altri tubi. Sento il rumore ritmico di una pompa e so esattamente di cosa si tratta. Mi stanno iniettando della morfina. Vogliono placare i dolori, sedarmi. Farmi mollare la presa e scivolare nel sonno. Cerco di richiamare l'attenzione di qualcuno tirandolo per il camice. Cerco di chiedere più tempo. Solo un po' più di tempo. Cerco di urlare. Non sono pronta, non ancora! Ma i miei movimenti non sono visibili ai loro occhi e le mie grida sono mute. Non ce la faccio più. Sento che sto per cedere. Per arrendermi. Mi sto lasciando andare. Una sensazione piacevole, la più bella che abbia provato da tempo. Come quando ti sdrai su una spiaggia, con il sole alto nel cielo e una lieve brezza che spira, e ti assopisci. Scivolando in un dolce dormiveglia.

Lo sento proprio in quell'istante. Quell'urlo che sembra arrivare da lontano. Lontano nel tempo e nello spazio. L'urlo di un neonato. Tento di muovermi, ma il mio corpo è come sprofondato in un pozzo di fango. "Mamma è qui," vorrei dire. "Mamma è qui con te. Mamma non ti lascerà mai." Le parole che si dicono a un bambino che piange. "Mamma non ti lascerà mai."

Lo sento di nuovo. Un urlo che penetra nel mio corpo intorpidito. Ora sembra più vicino, sembra che stia per arrivare. Ancora un urlo, e poi Aram che mi viene incontro. In bianco, i capelli raccolti in una crocchia, le labbra rosse e il bambino fra le braccia. Per un attimo è come se vedessi me stessa e, l'attimo dopo, come se vedessi mia madre con Noora appena nata in braccio. Ma poi scatta il clic, e tutto ridiventa chiaro.

Prende la sedia e si avvicina il più possibile al mio letto.

"Mamma," dice. "Mamma, sono qui. Sono qui con te."

Aram mi solleva le braccia, facendo al posto mio ciò che non posso più fare da sola. Me le incrocia sul petto. Poi pronuncia quelle parole. Le parole che desidero ascoltare da tempo, da quando credevo di avere smesso di desiderare, di sperare.

"Mamma, adesso lei è qui. Noora è qui. Ce l'hai fatta, mamma!"

Mi posa la bambina sul petto. Così, semplicemente. Così, semplicemente, lei è qui. È tornata. Il profumo della vita mi travolge. Il soave profumo della pelle immacolata, neppure sfiorata, il profumo di un nuovo inizio.

Mi sforzo di piegare la testa in avanti, per poterla vedere bene. Aram me la sostiene, mi aiuta a vedere la piccola. Ha gli occhi spalancati. Noora. La bambina. Noora. La mia piccola Noora.

Sono azzurri, i suoi occhi. Azzurri come il mare e le isole. Azzurri come l'arcipelago, come il cielo sui ponti che abbiamo attraversato avanti e indietro, in lungo e in largo. Una meraviglia. La sento viva e palpitante sul petto, sul cuore. E penso che il mio battito si propaghi nel suo corpicino, che infonda forza in tutto il suo essere.

"Bambina mia adorata. Sono tua nonna, amore mio. Sono tua nonna." In realtà non so se queste parole le sto dicendo ad alta voce, ma so per certo che lei mi sta ascoltando. "Sono stata io che ti ho portato qui. Siamo stati noi."

Le loro sagome si dissolvono fino a sparire. La luce si spegne. Sento il peso del mio corpo nel letto, e quello della bambina sul petto. Sento Aram tenere le mie mani fra le sue. Lo sento. Il peso dei corpi che sto per abbandonare. Aram sta cantando. La sua voce mi accompagna nel buio che mi viene incontro. Canta per me le mie canzoni, Aram, e io sorrido dentro. Lei e Noora canteranno le nostre canzoni. Le nostre canzoni non moriranno mai.